重读现代新诗

半醉半醒是一生

周笛／著

南方日报出版社
NANFANG DAILY PRESS
中国·广州

图书在版编目（CIP）数据

半醉半醒是一生 ：重读现代新诗 / 周笛著. -- 广州 ：南方日报出版社, 2020.09
ISBN 978-7-5491-2143-4

Ⅰ. ①半… Ⅱ. ①周… Ⅲ. ①诗集－中国－现代 Ⅳ. ①I226

中国版本图书馆 CIP 数据核字(2019)第 285554 号

BANZUIBANXING SHI YISHENG
半醉半醒是一生：重读现代新诗

作　　者：周　笛
出版发行：南方日报出版社
地　　址：广州市广州大道中 289 号
出 版 人：周山丹
策划编辑：李　沁
责任编辑：陈　静
封面设计：燕　婉
责任校对：阮昌汉
责任技编：王　兰
经　　销：全国新华书店
印　　刷：广州市尚铭印刷有限公司
开　　本：787mm×1092mm　1/32
印　　张：8
字　　数：107 千字
版　　次：2020 年 9 月第 1 版
印　　次：2020 年 9 月第 1 次印刷
定　　价：42.00 元

投稿热线：（020）87360640　　读者热线：（020）87363865

序 在诗歌中行走

周笛写了一本新书《半醉半醒是一生》，我开始以为是诗歌，她说是散文。直到亲见书稿，方知是关于诗歌的散文。

周笛硕士就读于武汉大学。江城多山，珞珈独秀；山上有黉，武汉大学。武大不仅拥有风景如画的珞珈校园，而且有驰名的樱花诗歌节；既是诗歌创作的园地，也是新诗研究的重镇。从闻一多、沈从文到陆耀东、龙泉明，诗意珞珈，诗学传统源远流长，新诗研究自成一派。周笛在珞珈山学诗、写诗、论诗，硕士毕业报考博士生，继续从事新诗研究。

当然，我们读诗、写诗和论诗，不是出于功利之心，获取学位或名利，而是由衷的喜爱。爱是一种无私的付出，也是无穷的回报。确实，从诗歌中我们获益良多。诗歌是生命之花，好的诗歌能让你在幽暗中看到跳动的光泽，在孤独中听到奇妙的声音。黑格尔曾说："艺术的真正职责就在于帮助人认识到心灵的最高旨趣。"反过来说，如果没有诗歌的滋润和支撑，我们的生命黯淡无光，会变得干涸而脆弱，沉闷而易折，缺乏生机活力。

分享新诗之美，感受诗歌之趣，首先不是将诗歌视为一种专业和技能，而是作为一种人生修养和艺术追求。从审美角度看，诗歌诉诸的是一种感受和想象，是一种期望和情怀，而不是知识或学问。正如北岛《关键词》所写："我的影子很危险，这受雇于太阳的艺人，带来的最后的知识，是空的。"

学诗或写诗，主要不是学问和知识的探求，而是才情和妙悟的体现。但学问对创作其实有助益，二者并不是水火不容，互相排斥，而是如同火种与燃料，彼此关联，互相成全。唐代杜甫有言"读书破万卷，下笔自有神"。学问不是创作表现的对象，而是创作的基础和动力。南宋严羽《沧浪诗话·诗辩》曰："夫诗有别材，非关书也；诗有别趣，非关理也。然而非多读书、多穷理，则不能极其至，所谓不涉理路、不落言筌者，上也。"此说于诗歌创作的特殊艺术规律很有会心与识见，但后人误解其意，多强调"非关"二字，明清以来易"书"为"学"。其实严羽并非舍学言诗，而是强调读书穷理之重要，多读书、多穷理，才能获得"妙悟"。

写诗本身有学问，那论诗就更是要学问。周笛这本论述新诗的书显示的“学问”，并不是套用和征引书本或现成的知识和理论，而是“化用”诗学概念，描述时代语境，建造历史平台，知人论世，人本与文本结合，以人生际遇为主要线索，还原现代诗人与新诗的聚散离合，用灵敏和诗性的文字去解读其中深藏的多重内涵。

目前诗歌批评主要来自两个阵营，一是学院的论家写作，一是诗人的相互阅读与阐释等。比较而言，很少有小说家对同行的写作进行评论，而诗人多身兼论者，热衷写诗歌批评文章。他们根据自己的阅读趣味、诗学观念以及交游范围进行批评与阐释活动，但有时流于空泛片面和主观化，随意性较强。而学院出身的批评家，有时局限学科壁垒和理论窠臼，缺乏创作体会，难免隔靴搔痒，论述不到位，不深入。学院论者周笛有过诗歌创作经历——也写过散文、小说和剧本，因而深谙艺术甘苦，更能够熟悉诗歌的语言、意象、机理和表达，走进研究对象的本质深处。

周笛的《半醉半醒是一生——重读现代新诗》，属于诗歌随笔，讲述新诗发生的生动“故事”。读来也如在诗中行走，颇具感染力的语体方式，长于情境化的描述，言简意赅的解析，使得这本小书诗意盎然。《蝴蝶飞过沧海——胡适与〈蝴蝶〉》以胡适的白话诗尝试来回溯新诗的发生，触摸历史，由人及文，立足本土现实语境，检视西方文学资源。《静穆的思索——沈尹默与〈月夜〉》论析沈尹默的《月夜》，展现“新诗的美德”。周笛主要从新旧诗歌主体与自然关系的差异来分析“我”的独立性，这当然不错，但我个人更看重这首诗以虚词收尾、仄声押韵，突破古典诗词的格律限制，这种语言形式体现了新诗的特质。《“我”的重生——郭沫若与〈女神〉》《湖畔的小花——汪静之与〈蕙的风〉》和《不仅仅有背影——朱自清与〈毁灭〉》分别介绍郭沫若、汪静之和朱自清的诗歌创作，或浪漫，或纯情，或写实，辅以爱情的离合，读来思绪纷纭，感慨万千。《在他乡——李金发与〈微雨〉》《在雨巷中——戴望舒与〈雨巷〉》《当爱已成往事——卞之琳与〈断章〉》则是讲解象征派代表李金发、现代派代表戴望舒、智性诗代表卞之琳的诗歌背后鲜为人知的故事，启人深思。情因诗而高贵，诗因情而流传。最后两篇《为一滴水定形——冯至与〈十四行集〉》《一块碑石——穆旦与〈冥想·其二〉》，全景式论述冯至和穆旦的诗歌创作，重点解读《十四行集》《诗八首》，颇有深度和新意。

周笛的这本书好看耐读，点燃人们亲近新诗的热情。内容贯穿新诗的发生到发展，论及不同时期、不同流派、不同个性的代表性诗人诗作，以点带面，生动描绘历史情境和基本脉络，揭示新诗的特质，交流探讨一些诗学问题，分享新诗之美，引导读者走近诗人精神世界，提高诗歌艺术修养和鉴赏水平，唤起诗心，追寻诗意。这是一本别出心裁的新诗史和心灵导游图。

新诗诞生已经百年，成为现代人审美和抒情的艺术方式。经过几代诗人不懈努力和创造性探索，新诗产生了一批优秀的诗人和形质双佳的诗作，构建并形成了自身的特质和传统。但不可否认的是，新诗的地位和合法性至今仍是问题，经常受到各种质疑，尚未真正走进公众生活。人们背诵和引用的多为古典诗词，中小学对新诗教育并不太重视，教材较少选新诗，央视“中国诗词大会”引爆的也是古典诗词热。

诗歌有新旧之分，但诗歌的艺术性无新旧之别。好诗都具有独到的意象、巧妙的言辞、完美的结构、新颖的表达，能动人之情、启人之思。当下新诗确实旌旗纷飞，山头众多，令人眼花缭乱，但泥沙俱下，鱼龙混杂，特别是缺少“言有尽而意无穷”的胜境佳作。

“似此星辰非昨夜，为谁风露立中宵”。新诗介入现实，真切自然，句式自由，语言灵动，这对于规矩严苛、疏阔苍白、同质化严重的古典诗词创作来说是一种借鉴。长期以来，佳作得不到褒扬和流播，劣诗得不到否定和指正，好的专业评论处于缺席和失语状态，导致新诗创作不景气，有些方面越来越泛滥。期待更多的新诗评论和读物出现，及时褒优贬劣，引导创作，提高审美，让新诗“飞入寻常百姓家”，带来真正的艺术繁荣。因此，我乐意将周笛的这本关于新诗的小书推荐给广大读者。

陈希

中山大学中文系教授、博士生导师

前言 很高兴你的到来

中国是诗的国度。

古典诗歌镌刻着中华民族最辉煌的记忆与最动荡的幻灭，歌咏过千年一梦的华彩，亦曾沉叹着命如草芥的悲哀，五彩斑斓，浮生百态。诗人们留下的音容、笑颜、风景、感怀，沉淀出跨越时空的情感密码，驻在我们的记忆深处，荡漾出奇妙而温柔的涟漪。他们是永在的，他们是不朽的，千百年后，我们提及春，会想到竹外桃花的春水江南，憧憬月下酣饮的怦然欢心；说到夏，我们会忆起映日荷花的热烈淋漓，畅想暴雨独行的畅然肆情；想起秋，我们会沉湎拥抱长风的广阔辽远；到了冬，我们又会在独钓寒江雪的图景中咀嚼寂寥，追忆繁盛的生命踪迹。这就是诗，它指引我们萌发心灵的触角，伸入美与真的熔炉，于浩荡的历史长河中生生不息，熔铸诗歌不死的力量。

那么这力量，这古典诗歌百转千回的力

量，它也属于新诗吗？

我想不止我一个人有这样的困惑。小时候我也曾把郭沫若的《天狗》和《古诗十九首》中的一首做对比，心想这写的是什么玩意儿？除了大吼大叫，还是大吼大叫，实在读不出有什么美的能触发我的共鸣。粗糙、浅陋、直白、难懂、堆砌、杂乱……纵然有一些意境优美、意蕴深远的诗篇，而在自新诗发生起就纠缠不休的批评声当中，它们似乎也被遮掩了明亮的光彩。古典诗歌之于文学犹如珠穆朗玛峰上的一颗明珠，高不可攀；在此发展了数千年、堪称完美的艺术创举面前，新诗那一百余年的历史，确实太短了。

但，犹如每一个嗷嗷待哺的婴儿、奔跑嬉戏的孩子，新诗的过去、现在和未来，纵然有许多不尽如人意的缺陷，却也不是完全黯然失色，它同样充盈着无穷无尽的生机。

20世纪是人类历史发生剧烈变动的一个世纪，20世纪初的中国是这场剧烈变动中最神秘的旋涡，变化仿佛一个莫测的黑洞吞噬着几千年习以为常的一切，撕裂出奇形怪状的新异脉络。生活在20世纪初的国人，他们的身体与灵魂，都承受着我们难以想象的疯狂变动——稳固的古典诗歌亦难以承受的变动。在这种急速的动荡和惨烈的现实之中，在时代的夹缝与社会的转型之中，新诗只是彼时中国最直接的言说本能。

站在这个角度看新诗，它实不比古典诗歌枯燥无味。许多无法共存的悖论，在新诗身上却形成了战栗的平衡：它诞生于现代中国强烈的言说冲动，朝着现代世界奔流不息，反叛了中国数千年来的生活思维与审美，冒犯了诗这一文体数千年固若金汤的场域边界与艺术准则，既是逐日造梦的先驱者，又是逆流而上的叛逆儿，既是挣脱枷锁勇往直前的维新斗士，又是割裂传统诗美的罪魁祸首……它的矛盾与生俱来，它的多面相互挣裂，恰似纷杂混乱的20世纪，恰似一个人，人性深奥，血肉丰满，永远是一个不会枯竭的谜。

对于这个谜，我始终抱着敬畏，还有一丝丝惧怕。我没有十足的信心将它一层层剥离。文学是与生命相关的东西，有时候，理解一首诗需要人的一生，目前的我还是太稚嫩了，不宜自以为是。写作这本书的初衷，只是换了一个视角看新诗后，发现了一些挣扎的血肉、多情的细节、可叹的预言，增了些知人论世的感慨，越发体会到人与诗灵魂相连的神秘，想把它记录下来，与以后的自己对话，与逝去的鲜活相伴，与更多爱诗歌、爱文学的小伙伴分享。

本书择取了十位在新诗头三十年活跃的诗人，以他们各自的人生际遇为主要线索，还原他们与新诗的聚散离合，解读他们诗中深藏的多重内涵，与他们“半醉半醒”的一生相伴，来一场惊心动魄的探险。我诚挚地邀请更多的小伙伴与我一起，在这些新诗人和他们笔下的缤纷意象里，找一个触动诗心、唤醒慰藉的瞬间，让我们每一个人与新诗的相遇，化作一次穿越时空的永恒。关于本书所选诗人的年代，之所以没有延续到当代今时，是因为我实在不知如何评价一个现在进行时的生命体；之所以只选了十位，是因为单是挖掘每一个人的生活点滴，工作量已不小，要将他们的生命体验与他们笔下的诗交织在一起，更是不轻松，故暂时收敛一下野心。文中所举事例繁多，资料难免有错漏之处，还望大家多多指正。这本书也只是我作为一个读者的读诗杂记，仅为一家之言，供大家参考。

目录 CONTENTS

蝴蝶飞过沧海

——胡适与《蝴蝶》

“蝴蝶飞不过沧海，谁也不忍心责怪”。

新诗的命运与这句家喻户晓的名言似乎有些相悖。从诞生，不，更准确地来说是“发生”起，新诗就难逃被责备的命运。

20世纪是人类历史上急速变动的世纪，20世纪亦是奇迹璀璨的一个世纪，无数只思想的蝴蝶从战火，从泥沼，从高呼自由与平等的奔走里，挣脱心灵的镣铐展翅飞翔。然而，在这其中新诗这只生得与古典传统最不像的蝴蝶，这只最切合彼时自由呼声的蝴蝶，这只抬头时中国文学与世界文坛最应感到震动的蝴蝶，却在尚未展开流丽的双翼之时，受尽了诋毁与谩骂。

当时的人们骂它，是没见过用日常说的话来作最高贵最典雅的诗，无法忍受古典文学最伟大的堡垒，会被下里巴人的市井俚语攻陷；现在的人们骂它，是因为无法接受从传统与西方双重夹击中冲出的这股力量，生机盎然的力量，这以“新”为名的全新文体，这数千年以来中国诗歌前所未有的惊世创举，竟拥有如此不堪、如此粗糙、如此稚嫩、如此混乱的开端。

只是不能接受罢了，不能接受新诗的起点是它，不能接受为新诗埋下第一块砖石的人是他。

如果说世上真的有原罪，“蝴蝶”似乎就是新诗某种意义上的原罪。1917年2月，《新青年》，这本孕育了无数志向与梦想的杂志，在它的第2卷第6号上，刊登了8首小诗。作者胡适以“白话诗”为这些思想的碎片命题。白话，日常口语的书面化，想当然便是行笔时想说什么就写什么，舍数千年自成系统的古典诗歌语言而不用；诗，是中国文学最辉煌，亦是最典型的一种文体，我们今时恐辨不出这二者搭在一起有何罪大恶极，然而在一百余年前，这三个字足以掀起一场天崩地裂。

8首诗当中，最引人注目的是一首名为《朋友》的诗：

两个黄蝴蝶，双双飞上天。
不知为什么，一个忽飞还。
剩下那一个，孤单怪可怜。
也无心上天，天上太孤单。

这首乍看上去与童谣颇有些相似的小诗，就这么被推上了激荡的历史舞台。中国风云变幻，急速变动，中国人民咬牙奋起，努力求索。而《朋友》，不会想到它倾吐的这只孤独的黄蝴蝶，可能会受许许多多无名之辈的嘲笑和讥讽，亦可能穿过云霄，飞过苦难中的中国，飞过一个世纪的颠沛流离，飞过珍藏中华民族诗魂的那片沧海。

这首诗作于遥远的大西洋彼岸，1916年8月23日，作者是25岁的胡适，一个青春与今日的我们没太多不同的年轻人。上课，郊游，和同学们谈天说地，扎入哲学的海洋思考一二三四五，跟最亲密的兄弟为一些琐事经常争执，当然也会寻找一两场新鲜的恋爱，这就是他的日常。他也似他的朋友们，那些年轻的游子聚在一起相互取暖，抚平对大洋彼岸那个穷困病弱的祖国的思念，渴望为她吸吮更多救亡图存的光辉。

和大部分不愿在课余时间继续苦磨本专业的年轻人一样，胡适也是个“不务正业”的男孩，喜欢在课下思考些不一样的消遣。虽然经常被身边的好友们嘲笑没有情趣，他却最爱需要情趣酝酿的东西——一个是爱情，这个没什么与众不同；一个是诗，没有爱情来得直击心房，但撩拨萌动的青春，诗即是最隐秘的琴弦。

1916年的美国诗坛，意象派最引人注目。一群崇尚意象清晰，简明晓畅的人奔走呼号，变革诗坛无病呻吟的抽象说教，他们笔下丝毫不掩饰的坦陈与直露的心曲令年轻的胡适深感震撼。胡适记忆中与母亲缠绕在一起的古典诗歌，从不会像意象派诗歌这般讲话。诗歌，是一种说话的方式，古典诗歌说的话，在胡适听来，似乎有些老旧跟不上潮流了，怎么说也说不到自己的心坎儿里。这不是胡适一个人的感受，晚清时期，梁启超、黄遵宪等人便觉察出，时代急速前行的光轮，无论如何也刻不进古典诗歌这座瑰丽的玉山。所有急速变幻的飞沙走石，都被这座玉山了无声息地消融，诉不出个体的痕迹。从晚清到辛亥，从辛亥到民国，国门被枪炮轰开，社会卷入巨大的时代旋涡之中，一代又一代的诗人越发不安。他们很想把握住国家、民族、个体在洪流中的方向，很想让中华民族最骄傲的美学象征，吸收当下鲜活的血液承载这场“开天辟地”般的变动。然而古典诗歌的文字系统完美无缺，它的每一处意象，每一个字眼，已与民族、与时间、与千千万万个习惯的灵魂同振，写到明月就有思念，写到秋风便同叹萧瑟，写到伤春就预备悲秋，写到日夜就吟咏千年，承载一个又一个王朝缤纷的绮梦，诉说一年又一年中华儿女的离合悲欢，这无懈可击的强大令奋战在第一线的诗人们几近绝望。

古典诗歌完美诠释了“诗”、文学甚至是汉语的美学潜能。自唐朝正式确立的近体诗，用意象与意境释放“言说”最大的审美空间，又通过与历史、与文学传统之间的互文关系，跨越特定的现实与时空，融解“言”与“意”潜在的矛盾。加上整饬的格律，非连续性的、断裂的、倒装的句法，从外在形式到内在实质，都拥有跨越时空的意义与活力。于是，人们读诗，读的是瞬间，想的是历史，读的是景物，想的是灵魂，读的是他人的思绪纷飞，想的是自己命运的跌宕起伏。这是一个想象的世界。在这个世界，读者与作者平等，诗歌与现实并置，无须过多地推心置腹，也不必知晓太多的个体传说，诗把一切牵在了一起，诗把所有隔绝开来。这是纯粹的“诗”的世界。

正是这人类诗歌、文学、艺术上最完美的范式，创造了牢不可破的伟大，使得自晚清至民国初期，一番番改良与挣扎都以失败告终。出现了许多20世纪才有的新事物怎么办？编几个新名词吧。许多个人的私密故事无法通过古典诗歌说出口怎么办？那就不说吧。写来写去那固定的几行都快僵化了怎么办？学学民歌吧。意象用来用去，还是这么几个意思怎么办？用点典故吧。

盲人摸象也不过如此，中国人在最熟悉的“中国话”里迷失了方向，说的想的写的统统不一样，人们绞尽脑汁，却总潦倒收场。

胡适与所有绞尽脑汁的诗人相似，他也苦恼该如何解决这棘手的言不由衷。

不过有一点，他跟这些苦恼的同学不同，不，他并不认为自己是一个“天生的诗人”。正因如此，他没那么多诗人的骄傲，他可以在传统美学面前尽情赞美它的华美，可以肆意浸润这美的精髓，也可以站在时代飓风的风口，听呼啸而来的滚滚风声，毫不犹豫，将古典诗歌这种统治方式连根拔起。

胡适直言，文学是需要革命的，既然革命，就得革古典诗歌，不，是整个古典文学的命根子——文言文的命。写文章可以不用之乎者也，作诗也不一定非得用。我觉得胡适不一定是第一个意识到这点的人，毕竟纠结在文言文与新式经验之间的人太多了，多少写不出的焦灼痛苦、剖不开的曲折心路，会渐渐加深文质分离的无奈与难堪。然而，他是一个有勇气去实验的人。有些勇气，似乎只属于青春正盛的岁月，属于与挚友一场场笔仗打着打着气不过的一瞬。1915年到1916年，胡适与好友梅光迪、任鸿隽谈了很多次，从“作诗如作文”谈到白话诗。在梅光迪和任鸿隽愤怒的白眼中，“文学革命”的口号喊响了，汉语的写作自此进入了新的纪元。

胡适在写给梅光迪、任鸿隽的信里，一次次坦言他从身边意象诗派和数千年古典诗歌变迁中得到的启示。对苦难中的中华民族，他心痛她的病弱，心痛她承受的满身伤痕，同样也心痛她像一只待宰的羔羊，错过了进化的关键时机。他认为，诗与达尔文、赫胥黎所说的进化一脉相承，古典诗歌是中国人独有的灵魂产物，中国要进化，国人要前行，那诗必须也得进化。

梅光迪觉得，胡适学实验主义学傻了，以为什么都能拿来实验。中华民族危机四伏，岂能再拿国家的精神命脉开玩笑？任鸿隽平和一些，他也知道用口语写文这些年在国内也不是没有，写得还挺好，语意通畅，直白明快，一目了然，是中国人笔下应当有的新气象。他不反对写白话文，可白话写诗，那真是滑天下之大稽。

胡适坚信，白话应成为中国诗歌真正的语言。白话作诗，能变革困扰了中国文坛数十年的古典形式。这不单单是语言与形式的变革，这还是一场天翻地覆的思维变革。梅光迪、任鸿隽的步步紧逼令胡适喘不过气，他不愿知难而退，不断强调，要变革一种文学的内质，必须先变革它的语言载体。而中国文学本身自有的白话文学传统、当下流行的明白晓畅的社会口语，以及国人开始用口语写文的风气，都使胡适坚信，这一社会口语转化为书面语之后，会是最切中民族精神与个体灵魂的语言。

梅光迪和任鸿隽做出的最后让步，是同意白话拥有写散文的权利，但无论如何，白话不能拥有写诗的权利。

用白话写诗登不上大雅之堂，诗是什么？诗是文学最神圣的殿堂，是诗人思想的明珠，诗人是国王！郁闷至极的胡适气不过，用一大串口语写下一打油诗寄给好友，强势宣称——白话就是能想啥写啥，写文写诗都可以！1916年夏天，三人笔仗愈打愈烈，除了善解人意的女同学陈衡哲表示考虑支持胡适以外，梅、任二人之外的好友们亦纷纷对胡适“作诗如作文”“用白话写诗”的疯狂构想嗤之以鼻。一场留美学生之间的口舌之争，正渐渐改变汉语诗歌的命运。

1916年8月23日，可能是下午，也可能是黄昏，胡适可能躺在草坪上，也可能站在树下，可以确定的是他是一个人，一个孤零零的人，咀嚼一年多以来这些唇枪舌剑中闪烁的自由亮光。他向来认同在哥伦比亚大学哲学课堂上学到的“实验主义”，这一年多与梅、任的辩论与争执，更是一番有趣的实验呢！他这么自嘲着，写了一首小诗。

夏天是生命的象征，青春遇见夏天，总会发生一些生机勃勃的事。也许是不经意擦肩而过的懵懂、执手相约的深情，或是执笔江山、粪土当年万户侯的豪言壮语，这一切，都是浓烈且炙热的。胡适之的夏天，从1916年8月23日开始，也拥有了勃然的生命形态，像他笔下的蝴蝶，从此剩下他一个，无心上天也得去看看云端的景致了。

胡适将这首诗命名为《朋友》，有人说这是写给当时与他往来亲密、不时送上温暖鼓励的陈衡哲，也有人说这就是简简单单写给梅光迪、任鸿隽这些反对派的。胡适自己，从未明确说明这首诗是写给具体的谁谁谁的，但没有关系，因为这首诗，最重要的还是那只被离弃的蝴蝶，是诗中以蝴蝶自喻的，那个徘徊着、伤心着，不被理解仍须咬着牙向前的自己。

这首诗仿五言诗体，用最浅白的白话和最简单的韵，渴望达到最明白的效果——人们嘲笑它稚嫩，没错，它就是明明白白的稚嫩；人们批评它粗糙，也对，因为胡适压根儿不想写得精致，他就是冲着拆掉中国诗歌所有华美的浮饰去的。古人写朋友，多用高山流水、长亭送别、折柳相思，胡适写朋友，却用了一只只振翅高飞的蝴蝶。古人写爱情，写理想，写生命，多用蝴蝶作喻体，胡适却直接拿来写个人心曲，开门见山，这也许是对秉信古典诗歌无懈可击的梅、任的一种回击。

撇去这首诗创作时的一场场硝烟，我们也能寻找到更多被湮没的回味。两只蝴蝶双双飞上天，相伴相依，是我们最习惯的知心相交，士为知己者死的少年情浓。然不知为何，一只蝴蝶忽然变了方向，适才的相互陪伴、桃园意气瞬间化为泡影，只留下另一只蝴蝶在半空独自盘旋。它“孤单怪可怜”，它“也无心上天”，然而它没有随同伴一齐变向，仍然孤独又执着地徘徊在看不到尽头的旅途中。年轻气盛的胡适，虽然气好友不肯相信，气他们固执得不愿多走一步，可他心里明白，他跟他们一样固执。明知这条路很难飞上青天，亦无望回到温暖的地巢，他不还是一意孤行，走到头破血流也不回头吗？

英雄都是孤独的，25岁的胡适并没有幻想做什么英雄，他只是殷切地期盼能找到一条改变中国文学，改变中华民族言说的路径。这条路，他无比希望梅光迪、任鸿隽等好友与自己一起，像古典诗歌吟诵的莫愁前路无知己，像他自幼仰慕的桃园三结义，少年携手，远赴大洋彼岸一起轰轰烈烈，一起吸吮西方文化与东方文化明媚的汁液，绽出绚烂的青春花朵，照亮他们古老却残破的家园。而1916年8月23日，胡适写下《朋友》之后，他深切地体会到，这条路，也许从头到尾，他只能一个人行走；他一人前行的影子，亦可能是他极力呼唤的中国新诗，未来一百年的命运。

1917年1月，胡适在《新青年》上发表《文学改良刍议》，提出发展新文学必备的“改良八事”。2月，胡适将包括这首《朋友》在内的8首留美期间的白话诗尝试投给了《新青年》。下定决心后的他不再有任何犹豫，任凭梅光迪、任鸿隽等人苦苦规劝，胡适不会再回头。更何况《新青年》里，比他昂扬激烈的大有人在。新文化运动余温犹热，胡适欣喜地发现，如果乘新文化运动的东风狂飙突进，那用白话作诗就不单单只是他一个人的梦想。假以时日，“作诗如作文”革新古典诗歌的艺术规则，“用白话写诗”会推翻古典诗歌的语言体系，新的语言体系中通过新的作法作出具有自由的新形式、重视表意功能等新质的“新”的诗歌，而这“新”的“诗”会推动新的文学的生成，亦会推动白话作为现代汉语的初级形态在具体的文学实践中更加成熟。诗、白话（即“国语”）、文学三者不可分割，组成了一个共同生成的整体，“国语的文学，文学的国语”，胡适后来为自己的冲动取了个简单的概括。

1917年夏，胡适从美国回国，8月正式于北京大学任教。为了迎合文学革命的策略，或是受到文学符号系统变革失败教训的刺激，《新青年》的同人们对胡适张开了热烈的怀抱。胡适在留美岁月里的孤身作战结束了，以刘半农、周作人、沈尹默、鲁迅等为代表的新文化运动主将们，纷纷投入了白话诗的创作。胡适找到了朋友，虽然他们彼时更愿意标记对方为战友。1918年1月，胡适、刘半农、沈尹默三人联合在《新青年》上发表了8首白话诗。这一回，他们写得更过瘾，索性直接弃用了近体诗五言、七言的格律，全部采用了分行与标点，真正推翻了古典诗歌稳固不变的体式。白话诗的风暴迎面袭来，胡适这回不用像在留学美国时对抗梅光迪、任鸿隽的批判风暴了。现在他就是风暴。

1920年，胡适出版了中国第一部诗人自编的白话诗集——《尝试集》。《尝试集》以诗体变化为序，胡适希望借此展示他“诗体解放”的可贵探索，展示他在写作上的尝试，一种改变民族书写的尝试，给当时的伙伴、更年轻的诗人们一点警醒、一些启示。

《尝试集》选入了《朋友》这首诗，诗名却从《朋友》变成了我们熟悉的《蝴蝶》。胡适变了，虽然他还是那个在夏天一个人伤心，一个人纠结，一个人抹掉眼泪的胡适，可他还是变了。他不再眷恋与梅光迪、任鸿隽惺惺相惜的那段岁月，不再咀嚼他们一起划船、一起登山、一起执笔论辩王侯将相的肆情记忆。新诗需要朋友吗？需要。新诗非有朋友不可吗？

胡适的答案是不。他不是一个真正激进，搞革命搞得水深火热的人，也从不以诗人的身份自恃骄傲，可对于新诗的命运，胡适想得却很清楚。新诗从发生之初，借助与古典诗歌的对立获得了存在感，那么它注定会饱受古典诗歌滋养，民族美学熏陶下的人们一代代的攻击。胡适最初只称呼它“白话诗”，因为他看重的是语言变革带来的言说变革，现在五四运动的热火烧光了白话诗的退路，它必须是“新诗”。1919年10月，胡适写下《谈新诗》一文，正式为自己亲手搏斗缔造的文体命名。尽管此时，上海《时事新报·学灯》上已出现了一名从日本投稿的创作者，他喷薄的激情与肆意的想象令编辑宗白华叹为观止，坚持发表了他的作品。这位名叫郭沫若、27岁的年轻人横空出世，不满胡适倡导的诗文不分、说理说事的人们惊讶地发现，在郭沫若的诗里，粗白浅显的白话竟拥有如此鲜活的表达能力，能够真正高呼时代和个体蓬勃的激情，如汪洋恣肆，如江河汹涌，如星汉璀璨，一时之间，“郭沫若的诗才是新诗！”的叫好声不绝于耳。胡适与《新青年》创作群努力拼争的全新场域，在内部，迎来了前所未有的冲击，此时的胡适，已艰难投身新诗革命的最高潮了，他仍无怨无悔，却很难全心全意。他有了教职，有了家庭，有了更多学术上的追求与世俗上的心酸，似乎，他是时候从这场风暴中转身，又似乎他只是飞过新诗的一只蝴蝶，穿过了风暴，那前路的风暴如何，便不是他所能把握的了。

“蝴蝶”，这是饱受“自家戏台唱戏”指责的胡适，给予自己作为一名新诗实验者最终的赞赏。他只是一只被朋友离弃、不被理解、咬牙硬撑的蝴蝶；他更是一只奋力扑着双翅，竭尽所能为僵化的古代汉语写作打破天地，探索全新道路的蝴蝶。胡适为新诗找到了最合适的意象——蝴蝶，一群20多岁的年轻人，洋溢永不磨灭的热情与理想，渴望用滚烫的血液，浇灌出全新的汉语言说方式，并极力在这喧嚣的青春呐喊中留下更多铿锵有力的声音。虽然他们一直在极度的激情与颓废这两极之间游走，旋转在新旧对立的逻辑中焦灼难安，虽然他们亦有过“听见喧嚣的语声，仿佛是在阿拉伯的《一千零一夜》里”那种恍惚与迷蒙，但来自青春的、来自生命的言说渴望让他们不曾后悔自己的脚步，一次次向锁链撞去。他们是青春的新诗，新诗是青春的他们，执着向前飞去的蝴蝶，每一次振翅，都是一百年前青春里张扬的极致自由。

胡适从未想过自己是新诗开山立祖的导师，他只是努力去飞而已。1921年，胡适写下《梦与诗》，详详细细把自己一路曲折的惊心动魄说了个干净——

都是平常经验，
都是平常影象，
偶然涌到梦中来，

变幻出多少新奇花样！

都是平常情感，
都是平常言语，
偶然碰着个诗人，
变幻出多少新奇诗句！

醉过才知酒浓，
爱过才知情重；——
你不能做我的诗，
正如我不能做你的梦。

胡适在1919年《谈新诗》一文中，认为新诗得用“具体的做法”，他提出“丰富的材料，精密的观察，高深的理想，复杂的感情”四点指引自己和有意者的新诗创作。他的这些说辞与《蝴蝶》一道备受批评者的攻击，连同为早期白话诗创作者的，二十出头的康白情和不到二十的俞平伯都质疑：诗如何具体？如何精密？诗需要具体吗？

胡适自称《梦与诗》是他对“诗的经验主义”最好的维护，《梦与诗》是他新诗创作的总结词。一切都是平常，一切都是琐碎，胡适就是渴望高高在上的诗歌，能容纳所有时代变幻中交织难分的你来我往。在胡适畅想的新诗里，议论、叙事、说理皆有天地，并非一成不变的抒情，言之有物也能有它婉约的细腻，“诗”于经验，语言、形式，都应有不断更新，蓬勃生成的全新惊喜。

《梦与诗》亦是胡适向新诗做的一次无声的告白，从此以后，他的世界会离新诗越来越远。没有人能做他的诗，人人都可做自己的诗，这只蝴蝶在半空里没有坠落，已然是胡适默默欢喜的胜利。现在，蝴蝶很快会飞过千山万水，飞过百年时空，它飞越的痕迹流淌出新诗斑驳的年轮，应和着飞速旋转的时代自由吟唱。飞过沧海的蝴蝶或许没有得到胡适理想中的欢呼喝彩，可它飞过去了，带来了一百余年现代汉语诗歌不灭的光芒。胡适看到了许多，也不再执着许多，关于他个人的生命轨迹，也如这只蝴蝶，飞过了新诗，暂别了革命，埋身浩荡的书海与人潮，不会回头。

静穆的思索

——沈尹默与《月夜》

1917年夏天，与胡适兴致勃勃，一同研究白话诗该怎么个写法的人里，不乏之后在新诗界、新文学界、文学界如雷贯耳的名字：鲁迅、周作人、刘半农……唯有一个人是例外，他就是沈尹默。

沈尹默，他的名字和他的新诗，提起和记得的人是那么少。他在新诗史上的闪现与消失，如同《新青年》创作群整体在新文学史上的命运：他们摇旗呐喊，他们奋战一线，他们受尽指摘，他们默默离去。20世纪30年代初，戴望舒、卞之琳的现代诗派盛行一时，来自英、美、法、德的各种文学思想汇聚一堂，新诗从时人眼中的粗陋浅薄长成了亭亭玉立的少女，一颦一笑皆是东方的朦胧与西方的沉静。20年代末的革命文学团体亦迅速壮大，左联的成立、政治抒情诗的尝试、民族图腾与城市情绪的抒写等崭新的元素，亦为少女戴上绮丽的华冠，披上绚美的柔纱。这少女看上去有多美，人们就多痛恨缔造她的人多么粗枝大叶，多么三心二意。这让整日参与胡适新诗，刚过不惑之龄的刘半农十分困惑，青春的盛情退却后，他俨然被新诗坛视作一个老人。在他自编的《初期白话诗稿》里，他自写序文，以自嘲的口吻道出物是人非的落寞，自己有那么老吗？时间走得那么快吗？怎么昔日和自己一起潇洒闯江湖的“老人”，一个个销声匿迹，甚至有的还跑回古典诗歌的道场重新消遣时光了？

跑回古典诗歌道场的人也是沈尹默。这位曾经与胡适、刘半农并称白话诗三大主力的新诗人，早在新诗还没席卷文坛的时候就萌生了退意。沈尹默毕生致力于书法和教育，他的名字至今在书法界响彻云霄，而他的新诗创作寥寥，较之坚持了五六年的胡适和直到20年代中期还在试图把新诗与歌谣结合起来的刘半农，他与新诗的缘分，似乎太短了些。

但沈尹默为新诗留下了《月夜》。

好日终怕短，好梦不久长。沈尹默在1917年的时候已经34岁了。认同胡适高涨的白话诗信念，相信胡适与刘半农对白话诗做出的明确梳理，随他们一首一首写，一首一首发。可他似乎没有为此奋斗终生的打算。他过了做梦的年纪，他早已把梦寄托给了古典静穆、深远、永恒的美，在那美中寻觅到不朽的永恒，他留下的这首《月夜》，便有一些他所痴迷的永恒碎影：

霜风呼呼地吹着，
月光明明地照着。
我和一株顶高的树并排立着，

却没有靠着。

这首诗只有四行，短得乍看上去就像一首绝句。沈尹默写这首诗的时候，同胡适写下《蝴蝶》（原名《朋友》）一样——胡适没想到《蝴蝶》被骂了一百年不止，沈尹默不会想到，他与新诗短暂的三年不到的缘分，以这首酷似绝句的小诗，在白话诗人群被骂了个底朝天的年代赢得了"第一首散文诗且具有新诗的美德"的赞美。

1919年，北社同人编选了一套诗集，将《月夜》奉为早期白话诗的经典，这经典不单单是历史意义上的，更是文学审美上的。沈尹默的名字可能渐渐被遗忘，《月夜》却不会，它一直被当作早期白话诗中难得的"诗味"，传诵至今。

借月咏怀早就是古典诗歌中司空见惯的抒情程式。《诗经》时的月，质朴如一颗白净的莲子，盛满小儿女日出而作，日落而息的有情烟火；先秦的月冰冷而有血光，连绵的战火不容诸子百家相通或相叛的理想，只有月亮懂得他们的离散，愿意聆听他们的痛苦；两汉的月含蓄而典雅，有大汉江山锦绣的风华，有盛世难续的曲折隐忧；魏晋南北朝的月肆意又潇洒，放浪而寂寞，纵情却超脱，只有月亮愿意亲吻命如草芥的绝望；盛唐的月最美丽且多彩，流淌着辉煌的气韵，张扬出璀璨的光华，一羽一寸，写尽盛世情态的赤子之心；到了宋，月亮离热烈渐渐远了，人们只爱它清冷孤单的余晖。

沈尹默是《新青年》创作群中古典文学修养极其深厚

的一位，他留学日本，加入《新青年》支持文学革命，却始终无法放弃骨子里秉承的古典趣味。胡适与刘半农都尽量少碰古典诗歌钟爱的题材，传统吟诵爱情的蝴蝶在新诗的光谱里，终将衍化成自由翱翔的蝴蝶。沈尹默也不写些情啊爱啊，为了表示新诗面对人民大众的基本立场，他随两位同伴一起拣择日常生活中鲜活的事物，北平城大门外的三弦，酒馆里咩咩叫的羔羊，与胡适、刘半农搞比赛同写的人力车夫等。除此之外，他写了月夜。

月与夜是古典诗歌不可或缺的一部分，月是肌理，夜是骨骼，支撑起中国人思索的空间。东方的吟咏就是对世界的思索，东方的抒情就是对生命的体悟。34岁的沈尹默无意张扬尘世间的繁杂，他年轻时的梦境与古典文学息息相关，他终生的感怀也与古典文学息息相关，他不会轻易舍弃古典之美。月，是中国亘古不变的情人，当下的中国急速变幻，唯有月亮，无论变到哪里，变至何时，都不会改变它守候的脚步。但34岁的沈尹默终究是《新青年》里的沈尹默，他在北大尚有胆量与陈独秀论战，面对古典诗人吟咏了千年的月夜，他并非旧调重弹，而是将它铸入新诗的命脉，让新诗与古典诗歌的美学系统发生奇妙的碰撞，擦出“诗”与中国不灭的民族火花。

这首白话诗充分体现了沈尹默的新诗创作中与古典诗歌美学的浑融。且不提月夜的取材，“霜风”“月光”“我”“顶高的树”四个意象并置，都是典型的绝句手法。古典诗歌连缀意象，思绪跌宕，引来读者无限想象的艺术，沈尹默用白话做到了。四句内诗行错落，白话流畅，使得琐碎的日常语言变得更为凝练、和谐。

且一句句看来。

“霜风呼呼地吹着”，晚风四起，寒意阵阵；“月光明明地照着”，简要勾勒，不作虚笔，反而让霜风和月光一紧一弛，染出新诗中月夜静穆的与众不同。接下来，沈尹默转开笔锋，“我和一株顶高的树并排立着，却没有靠着”，这堪称全诗的，亦是新诗的神来之笔。“我”是古典诗歌中习惯消隐的存在，在这里，却被沈尹默视作全诗最重要的趋势，率先作为一个意象，突破了古典诗歌非个人化的视角；“我”与“树”并排而立，但特别指出没有“靠着”，让意象之间的关系，从古典诗歌的自由想象，向清晰明确的意义指向转变。虽然在古典诗歌中，意象并立是十分常见的，但沈尹默借“我”之口强调了这种关系，突出个体意识，打破了古典诗歌中“我”与自然万物体悟合一的思维。“我”与这幽秘孤清的意境共同存在着，“我”身处其中，但“我”却是独立的。“我”与自然的关系，不再是需要任何事物来补充的关系。不需要融情入象、由象生境的想象，通过白话与自由的体式，“我”可以阐释一切。

胡适渴望，新诗讲的不是你、他、他们、你们的故事，而是“我”的故事。一百年前人们的青春，极力奔走的，也就是为了“我”的发现和站起。新诗是为“我”而生的。看似不再年轻的沈尹默，喊出“我” 的方式果然不同于青年的火热与直率，四句短诗内一铺三折，借寓东方传统的意象和情感的表达，说出了一个生于传统然立于天地之间的“我”，一个自我思考一切，定义世界的“我”。

《月夜》一直被认为是早期新诗难得具有意境美的作品。意境是古典诗歌的重要元素，新诗发生时的写作者们，既在创作时有意背道而驰，又在评判时有意疏远这些古典诗歌的美学精髓。胡适追求白话跨越理想与现实的鸿沟，接通文与质的通道，“意境”之于青春正盛的蝴蝶们，更像是困囿前行的一道藩篱。好在有沈尹默，这个在新诗界命如其名的寂寞的沈尹默，在新诗饱受责难的时候，主动转身看一眼被同道中人离弃的亭台楼阁，寻一片旧瓦，熔一块新砖，盖一座沟通新与旧的桥，寻求更多“美”的可能。

沈尹默的浑融，看似很易做到，然而现实并不似理想丰满。刘半农的《除夕》，在末句模仿了意象并置的写法，高呼“地上只一个我！天上三五寒星！”，可惜简单的意象并列不能获取更深远的意蕴，终使嘹亮的呼唤消失在无边夜空。沈尹默比谁都明白这点，所以，他的《月夜》只有四行。

沈尹默不是只会写出四行，他另有两首稍长的诗作——《三弦》和《宰羊》，可以说是新诗中散文诗的始祖。观照市井烟火，他也更像《月夜》这般，得抽出些能经得住时间流淌的东西才行。《三弦》写人的寂寞，命运的无依；《宰羊》写人与食物命运的一念之隔，颇有物伤其类的悲凉。沈尹默也写过乡下人进城后的恐慌不安，以及萧瑟中国随处可见的荒凉。他的人也许并不真的寂寞，但他的新诗，从内而外，凝聚着不同于热烈本质的静穆，一种短促却深远的思考。他很少冲到最前面摇旗，或许在他看来，新诗的路还很长。什么时候《月夜》能写得不只有四行，能包容更多复杂的当下体验，新诗之名方不负这些年轻人的青春呐喊。

沈尹默亦很少呐喊。当时人们流行谈论他的新诗，发表各种关于新诗的理论畅想，不分老幼，不分你我。19岁的俞平伯能与教授胡适等人共商新诗前路，20岁的康白情能冷静思考白话诗人群的平民化倾向，可34岁的沈尹默很少呐喊。他不呐喊，离开得还比同行人更早，皆因为他选这条路，固然有强烈的现实的冲动，有一番变革汉语书写的热烈，但更多的仅是一丝遐想，他或许只是希望这条路比古典诗歌，能更多地汲取一些当下的永恒罢了。

他不介意声名淡去，也不介意变成刘半农口中毫无斗志的“老人”，他作他的诗，新也好，旧也罢，他认了。有趣的是，他没有留到最后，《月夜》却做到了。这首被当时诗友们指出充满了旧气味的小诗，最终被新的读者、更新一代的诗人们接受且赞扬。沈尹默不是什么斗士，他甚至不算是胡适笔下努力翱翔的蝴蝶，乱世之中，他是一个站在树下的行人，现实变幻，前路茫茫，一个渺小的个体，他的血肉细节只是微乎其微，他所能决定的，只是靠着还是站着。他选择了站着，仅此而已。

现在看来，《月夜》的清醒与冷静，那种与古典诗歌一脉相承的“深不可测”，会不会是沈尹默向新诗发出的告别词呢？他与时代紧紧相连，一面与战友们一起写白话诗，写白话文，发展新文学，一面独自一人苦苦思索，新文学与古典文学的势不两立究竟可不可行，新诗的路能走多远？沈尹默放弃了以往对日常琐事的感慨，放弃了当时人们竞相学习的说理与议论，只做描摹，不多解释，正如诗中的“我”，和这场狂飙突进的理想一起高歌，心里却静静弹奏自己的夜曲。

《月夜》无疑是成功的，作为它的作者，沈尹默或许能说是新诗的诗人。不过，就像胡适不愿当一个诗人，不愿拥有诗人的骄傲和固执，只想做个探索家，沈尹默也不愿意做新诗的诗人。新诗革命如火如荼，沈尹默却回归了古典诗歌的世界，做了一位传统的文人。他周旋于北平教育界，1925年出任北平大学校长；1932年，他因不满国民政府清查学生运动，逮捕学生，辞职南下去了上海。全面抗战时，沈尹默主动融入了救国的洪流，前往重庆出任政府监察，弹劾贪腐污浊的孔祥熙未果，失望透顶。抗战结束，沈尹默再度转身，选择辞职，回到他熟悉的小天地，以卖字度日。新中国成立后，他一直从事文史方面的工作，1971年不堪迫害，病逝于上海。

关于沈尹默的生平，这寥寥数行远未有《月夜》家喻户晓。或许对他而言，这是最好的结局。他追求诗体现人性的共通和永恒，《月夜》因它的含蓄隽永得到了永恒，但诗人沈尹默不必，他只想做简简单单的沈尹默。

“我”的重生

——郭沫若与《女神》

1919年，对于新诗来说，是独一无二的一年。

那一年初夏，“五四”，在这个充满变动的20世纪，向血与火的中国注入一脉青春的血液。激情沸腾了原野，个性解放、思想启蒙的时代浪潮吞没街巷，卷过城镇，如同点点星火，盈满华夏儿女的回眸。新诗，这只初生的蝴蝶，双翼尚沾着晶莹的古典露珠，亦趁着这股激越的呼啸，飞过沧海。

那是20世纪中国破碎变幻的集体经验，是乱世里个体撕裂又彷徨的言说诉求。古典诗歌的语言与体式、意象与意境，一切静穆端雅的符号难以承载，于是胡适登高一呼，四方响应，白话诗的声浪一波盖过一波，化作新文化运动乃至中国新文学的标志。《新青年》的创作核心胡适、刘半农、沈尹默、周作人，更年轻的康白情、俞平伯、傅斯年，上海的沈玄庐、刘大白……争先恐后，以新旧文学之争的逻辑，为白话诗向古典诗歌抢夺了安身立命之处——1919年10月，胡适写下《谈新诗》一文，正式将这种用现代白话书写、不拘格律、不随体式的自由体诗命名为“新诗”。

新诗，顾名思义，是新的诗。新，即新的汉语，新的体式，新的规则，迸发无数可能性的先锋实验，绽出新的美学体系，言说新的经验；而诗，不知不觉间被新与旧的二元对立区分出更多文体本身之外的意义：生命个体的启蒙，文以载道的传承，民族独立的希冀……胡适提出作新诗当用“具体的做法”，作诗如作文，即写诗多用白描，热爱议论与说理，关注平民生活，渗透自我意志，承载现实冲动，白话诗人群纷纷仿效。然而，逾越文体的强硬，白话作诗的浅稚和具体临摹、杜绝想象所构筑的“认识的世界”，显然在新诗与中国几千年来古典诗歌“想象的世界”之间，划出了一道鸿沟。

在古典诗歌和其背后几千年的古典文学面前，新诗犹如一个刚降生的婴儿，孤独脆弱，渺小无依。他一落地，批判与谩骂如潮水瞬时包围了他，连不少支持新文化运动的进步青年，都认为用白话作诗实属荒谬，怒斥新诗运动只是一场割裂中华文脉的暴力革命。这让新诗人们承受着难以想象的痛苦。他们每走一步，疑惑就接踵而至：新诗该怎么写呢？用于生活语言的白话能写诗吗？如何才能把它变为用来写诗的现代汉语呢？除了展示与议论，“具体的做法”还有没有其他的延伸，来和民族的审美方式对接？“具体的做法”是不是开启汉语诗歌全新世界的钥匙呢？说到底，难道新诗与古典诗歌不同，就意味着走投无路了吗？

关注新诗的人同样在思考这些悖论式的命题。22岁的宗白华便是其中的一位。一年前，他从上海同济大学语言科毕业，加入了少年中国学会，编辑社团刊物《少年中国》。1919年，他进入上海《时事新报》编辑部，负责《时事新报·学灯》学术一版的编辑工作。宗白华是一个文学与哲学的“发烧友”，深深痴迷西方哲学与东方美学微妙的博弈。他惊喜新诗的降临，也在暗暗描摹“新诗”的形象，设计属于新的中国的美学世界。虽然他没有发表新诗，但对新诗，他不比任何一个新诗人关切得少。近来，一位来自日本，准确说是在日本的留学生作者吸引了他的注意。每次到报馆编稿，他都迫不及待从如雪花般的投稿信件中翻出这位仁兄的诗，一读再读，爱不释手。

时近寒冬，宗白华坐在报馆里，却一点都不觉得寒冷。他又收到了这位作者的新作。1919年9月，他在《时事新报·学灯》上发表了这位作者的两首新诗《鹭鸶》《抱和儿在博多湾海中》，收到不少好评。宗白华很早就想让《时事新报·学灯》如《新青年》《新潮》《星期评论》等进步期刊，也变成新诗重要的开拓阵地。他写信给这位默默无闻的留学生，欢迎他多写点诗来，并开始与他讨论些哲学与艺术的时尚话题。对方似乎比他更热衷交谈，他的灵感犹如一座沉睡了太久的火山，在雪花般的书信往来中，霎时迸出一道璀璨的洪流。

兴奋的宗白华立即写信给同在日本求学的好友田汉，激动地宣称自己发现了“一个东方未来的诗人”。也许他还没想到，又或许他已觉察出些许端倪，中国新诗的另一条路出现了。眼前这些喷涌的激情、恣肆的语言、不羁的形式，裹挟着夸张的想象、炽烈的情感、变幻的经验、悠远又现代的取材，共同浓墨重彩渲染着一个庞大的抒情主体：一个"具体的做法"试图镶嵌多次仍不自由的"我"；而在汪洋彼岸，日本福冈，创造出这个抒情主体的年轻人，正坐在箱崎海岸边的仓库，拿皮箱作椅子，砖头作砚台，肆情涂抹胸中的块垒。于诗稿之上，他信笔题上新取不久的笔名：沫若。

1919年，冬，日本福冈。

24岁的佐藤富子静静地望着丈夫，他有一双灼亮的眼睛，深邃的眼窝，微长的双颊，鼻梁上还挂着一副黑框眼镜，乍看上去，与那些远渡东瀛的中国留学生并无太多不同。但看到新寄到家的《时事新报·学灯》上又刊登了丈夫的诗作，佐藤富子骄傲地抱紧了怀中的孩子。从她见到他第一眼起，她就坚信，郭开贞，即眼前挥洒笔墨，下笔如生花的沫若，是一个天生的诗人。

那是在东京的圣路加病院，周围弥漫着消毒水的刺鼻气味，时为医院护士的她遇见了来为友人料理后事的他。他比她大三岁，有一双会说话的眼睛和一支会照亮心扉的笔。从小到大，即使身为牧师的父亲和出身士族的母亲给她介绍了不少玩伴（未来的结婚对象），佐藤富子还从未见过这么复杂又如此纯粹的男人——热情时像初升的太阳，烧尽她的犹豫和矜持；温柔时像睡着了的星星，坦率地许她一同在他心底的夜幕下冥想；而伤心时，他又像风中一根稚弱的苇草，向她展示依托的秘密毫无保留。可能只是一个明朗的笑颜，可能只是一句温和的告别语，四目相对，他抓住她的手，她交出了钟情。

他是天生的诗人，要不然，他不可能只用短短四个月的情书就俘获了她。佐藤富子时常想起那些泛黄的纸上流淌的情话，一行行告白犹如深夜的浪花，不停翻涌她懵懂的心事；一字字坦陈又像飓风下的松林涛声，炽烈，又迅疾，推着她甩开沉重的顾虑和背后决绝的家庭，以最快的速度来到他的身边。正如她在信中写的："哥哥：除你而外我是不能再爱别人，我这个肉体，我这个灵魂，除你而外是不许为任何人所有。"1916年冬天，他们同居了。次年，他们迎来爱的第一个结晶——和儿。

亲人的决裂，稚子的啼哭，频繁的搬迁，繁忙的学业，这些原本足以压垮任何一对爱侣的包袱，却没有如期砸在佐藤富子与郭开贞的头上。他是星星，她便是萦绕在星空的微云；他是烈日，她便是追逐光华的勇士；他是飞扬在尘世里的一颗尘沫，她便是拥吻它的温热土壤；他是在繁忙的学业与沉重的生计双重夹击下，激情澎湃的诗人沫若，她便是追逐自由和自我，用无限柔情和笃定支持他的郭安娜。"安娜"，这是沫若为佐藤富子新取的名字，取自《安娜·卡列尼娜》，既是爱情的盟誓，更是重生的开始。

1918年，他们从冈山来到九州福冈。这里环山临海，风景宜人，近乎郭开贞写诗的自然缪斯。1918年夏，沫若的好友张资平来访，他们一同观海踏浪，在浩瀚的汪洋前许下一起进行文艺活动的愿望。是的，尽管沫若在九州帝国大学学的是医科，他还是如当年给安娜写情书的那个青年，对文字和语言有近乎天生的敏感。他好奇语言音韵的奥秘，享受情感宣泄时与文字碰撞的共振，心心念念来一场轰轰烈烈的“狂飙突进”，像他崇拜的德国大文艺家歌德那样。

他能做到，郭安娜很笃定，没有人像他这般，一旦点燃便纵情燃烧，即使化作天边的一粒尘埃，他仍渴求翱翔。前不久，沫若在这份《时事新报·学灯》上看到了一种叫“白话诗”的东西。郭安娜说不清那到底指什么，可一种奇妙的预感牵引着她：她的丈夫，这个天生的诗人，终于遇到了才华的归依。如她所料，沫若的诗作接连被发表，除了稿酬可解家中的燃眉之急，他眼中那被琐碎尘世覆住的光辉也重新绽放，恰似初见时那双明眸，飘荡理想与激情的无尽繁星。

郭安娜细细阅读这些诗句，她或许没有读出这些诗融入形容词、语气词、助词、介词后，加之欧化的句法和长短变幻的句式，消融了新诗人们的古典诗歌语言，那种高度凝固的精美和典雅，现代白话终现真形。狂放的笔触，肆意的激情，任由情感驰骋的诗行，极尽自我的直抒胸臆，铸出一种诗体：截然不同于古典诗歌绝句、律诗等近体，也不同于乐府、四言、歌行等古体，这便是真正的自由诗。虽然安娜没有意识到，但真正意义上的“新”与“诗”的变革，就在她丈夫的笔下揭开了面纱。

“诗是什么？诗就是纯真的自我表现。”

这是27岁的郭沫若在与宗白华、田汉的通信中，被问及五四新诗人们最棘手的问题时，给出的回答。

这回答斩钉截铁掷地有声，瞬时砸碎了自白话诗实验以来新诗坛笃信的创作法则。纵然“我”在五四时代已成家喻户晓的口号，在白话诗人群的创作里亦屡见不鲜，但与其说胡适、刘半农、沈尹默、周作人、康白情、俞平伯等人努力呈现的是“我”，不如说，是让“我”踊跃出世的现实冲动，但郭沫若不然。

1919年冬，随着与宗白华、田汉联系越来越紧密，郭沫若对新诗的热情也越来越高涨。他已近而立之年，学业未完，生活拮据，漂泊异国，唯有安娜和幼子，算是他在日本多年屈辱和沉默的安慰。现在新诗出现了，还有宗白华的慧眼与田汉的响应。在此之前，他从未感觉时代的激情与他个人的激情如此契合。这场误打误撞遇见的“狂飙突进”，许是偶像歌德穿越时空予他的指引。他天生的豪情和才华顷刻间爆发。

1920年1月，在百年前的元旦，宗白华摩拳擦掌，一口气把郭沫若寄来的诗作尽数刊登于《时事新报·学灯》，为20世纪的第二个十年作最隆重的告别词。《晨安》《立在地球边上放号》《地球，我的母亲！》《夜》《匪徒颂》《凤凰涅槃》……这些足以镌刻入新诗史册的诗篇，宣告“自我”作为抒情主体的确立。而不同于具体展现的，一种自我主宰的抒情话语机制诞生，则预示着新诗作为自由体诗的合法形态终于告成。这些诗作里，郭沫若将“自我”从一种视角或叙述者的身份，抬升为新诗言说的重心，变具体的比喻或描述为内心袒露，“自我”成为言说过程中的主体意志。它的喷发、膨胀、激走、怒号，撕扯着语言与形式的变化，支撑“自我”激情澎湃言说的是诗人创作时浓烈的感情，还有那个时代绚烂如花火的狂飙浪漫，如《立在地球边上放号》——

> 无数的白云正在空中怒涌，
> 啊啊！好幅壮丽的北冰洋的情景哟！
> 无限的太平洋提起他全身的力量来要把地球推倒。
> 啊啊！我眼前来了的滚滚的洪涛哟！
> 啊啊！不断的毁坏，不断的创造，不断的努力哟！
> 啊啊！力哟！力哟！
> 力的绘画，力的舞蹈，力的音乐，力的诗歌，力的律吕哟！

新诗是自我的表现，并非具体的做法。作为创作主体的诗人与诗中用来抒情的客体在情感的奔流中融为一炉，“我”已经不单单是诗中的意象或是叙述者，而是彻彻底底“诗”的本体了。这不是古典诗歌中融情于景、情景交融后获得超脱意义的“我”，更不是束缚于现实革命框架的“我”，“我”即主宰，“我”即是全部，如《晨安》——

> 晨安！常动不息的大海呀！

晨安！明迷恍惚的旭光呀！

晨安！诗一样涌着的白云呀！

晨安！平匀明直的丝雨呀！诗语呀！

晨安！情热一样燃着的海山呀！

晨安！梳人灵魂的晨风呀！

晨风呀！你请把我的声音传到四方去吧！

——

晨安！我年青的祖国呀！

晨安！我冻结着的北方的黄河呀！

黄河呀！我望你胸中的冰块早早融化呀！

晨安！万里长城呀！

啊啊！雪的旷野呀！

啊啊！我所畏敬的俄罗斯呀！

晨安！我所畏敬的Pioneer呀！

——

晨安！雪的帕米尔呀！

晨安！雪的喜玛拉雅呀！

晨安！Bengal的泰戈尔翁呀！

晨安！自然学园里的学友们呀！

晨安！恒河呀！恒河里面流泻着的灵光呀！

晨安！印度洋呀！红海呀！苏彝士的运河呀！

晨安！尼罗河畔的金字塔呀！

啊啊！你在一个炸弹上飞行着的D' annunzio呀！

晨安！你坐在Pantheon前面的“沉思者”呀！

晨安！半工半读团的学友们呀！

晨安！比利时呀！比利时的遗民呀！
晨安！爱尔兰呀！爱尔兰的诗人呀！
——
啊啊！大西洋呀！
晨安！大西洋呀！
晨安！大西洋畔的新大陆呀！
晨安！华盛顿的墓呀！林肯的墓呀！Whitman的墓呀！
啊啊！惠特曼呀！惠特曼呀！太平洋一样的惠特曼呀！
啊啊！太平洋呀！
晨安！太平洋呀！太平洋上的诸岛呀！
太平洋上的扶桑呀！ 扶桑呀！扶桑呀！还在梦里裹着的扶桑呀！
醒呀！Mesame呀！
快来享受这千载一时的晨光呀！

这个“我”前所未有地膨胀，上天入地，纵横东西，侵吞万物，最后直飙云霄。就像《晨安》中对世界各地发出呼号的“我”，再多的“你”都只是四面八方予“我”的回答。面对宇宙与世界，“自我”成为一个真正解放意义的“人”，集自我意识、宇宙意识、世界意识于一身，它的独立不在于对立，它的价值也不仅拘于形态的对立，是一个绝对的“大我”。它打破了古典诗歌抒情机制中的“意在言外”，含蓄朦胧，曲折委婉，也将抒情中的“情”上升为各种文化形态交会点中的“自我”的独立意识，是一种生命本质的激情，是民族在巨大转型期激流碰撞的呐喊，是那个急速前进的时代中“自我”自觉向世界靠拢、向现代走近，并在这个过程中重塑民族的现代特质。

在这批诗作中最引人注目的，当属郭沫若呕心沥血写下的《凤凰涅槃》——

鸡鸣
听潮涨了，
听潮涨了，
死了的光明更生了。
春潮涨了，
春潮涨了，
死了的宇宙更生了。
生潮涨了，
生潮涨了，
死了的凤凰更生了。

凤凰和鸣
我们更生了。
我们更生了。
一切的一，更生了。
一的一切，更生了。
我们便是他，他们便是我。
我中也有你，你中也有我。
我便是你，

你便是我。
火便是凰。
凤便是火。

翱翔！翱翔！
欢唱！欢唱！
我们新鲜，我们净朗，
我们华美，我们芬芳，
一切的一，芬芳。
一的一切，芬芳。
芬芳便是你，芬芳便是我。
芬芳便是他，芬芳便是火。
火便是你。
火便是我。
火便是他。
火便是火。

——《凤凰涅槃》节选

《凤凰涅槃》是一首长诗，由五个部分组成。第一部分“序曲”乃全诗的预言，预示凤凰死亡之日的临近；第二部分“凤歌”是抒情主体对世界、对宇宙这一牢笼的怒吼与诅咒；第三部分“凰歌”是抒情主体对人类群体、对自我存在的思索与否定。经过第二、三部分激烈的思想斗争，诗人用第四部分“群鸟歌”烘托出凤凰浴火时万物纷乱、众生喧闹的景象，暗示新生的气象即将来临；随后诗人以宛若江海汹涌的笔触，激情四溢，高扬《凤凰更生歌》欢庆凤凰的涅槃重生。郭沫若将西方神话中浴火不死的神鸟“菲尼克斯”，与中华民族的图腾凤凰合二为一，勾勒出凤凰涅槃惊心动魄、荡气回肠的全部历程，以凤凰的死与生象征民族的苦难与新生，象征个体、自我的挣扎、裂变与崛起。

这是一首神奇的长诗，神奇到其中洋溢的神性光辉，连多年后的郭沫若都感到不可思议。且不说自由变化的语言与整饬精巧的结构体式，仅仅是那“火山爆发式的情感”，足以让彼时每一个深深为祖国苦难痛不欲生的人热泪盈眶。《凤凰涅槃》完成了民族图腾的重塑，又充溢着个体血肉寻死觅生的切肤书写。神话、传说、民族、泛神论、世界、自我……所有哲学和现实的命题都被郭沫若化作铁水，投入《凤凰涅槃》的熔炉，铸造中国新诗的第一块碑石。它超脱了“我”，又创造了“我”，文学的想象驾驭了时代精神与民族命运的构想，对它的阐释也摆脱了历史或现实的束缚，郭沫若让“凤凰”融入了西方与世界的维度，让拥抱世界与现代文明的时代之火，对它淬炼。多年后，郭沫若在《我的作诗的经过》一文中感慨道：“那诗是象征着中国的再生，同时也是我自己的再生。”

1920年春，同在日本求学的田汉几经辗转，来到日本福冈，与郭沫若见面。他们此时已是通信近半年的笔友，在信中畅谈天文地理、国家世界、男女婚恋、鸡毛蒜皮，也交换彼此的诗文相互切磋。虽然田汉比郭沫若小六岁，但这并不妨碍二人一个比席勒，一个比歌德，饮酒疾行，大笑吟诗，畅想一衣带水的那一端，那场如火如荼的新诗风暴上演到哪一重明媚光景。郭沫若写下《梅花树下醉歌》一诗，纪念这次“歌德”与“席勒”的相聚——

梅花！梅花！
我赞美你！我赞美你！
你从你自我当中
吐露出清淡的天香，
开放出窈窕的好花。
花呀！爱呀！
宇宙的精髓呀！
生命的泉水呀！
假使春天没有花，
人生没有爱，
到底成了个什么世界？
梅花呀！梅花呀！
我赞美你！
我赞美我自己！
我赞美这自我表现的全宇宙的本体！
还有什么你？
还有什么我？
还有什么古人？
还有什么异邦的名所？
一切的偶像都在我面前毁破！
破！破！破！

我要把我的声带唱破！

这首诗与他广受诟病的另一首《天狗》颇为相似——

我飞奔，
我狂叫，
我燃烧。
我如烈火一样地燃烧！
我如大海一样地狂叫！
我如电气一样地飞跑！
我飞跑，
我飞跑，
我飞跑，
我剥我的皮，
我食我的肉，
我吸我的血，
我啮我的心肝，
我在我神经上飞跑，
我在我脊髓上飞跑，
我在我脑筋上飞跑。

我便是我呀！
我的我要爆了！

《天狗》也写于1920年的春天，正是万物勃发的3月。

《凤凰涅槃》完成了他作为诗人的重生，亦指引了中国新诗的新生，而《天狗》与《梅花树下醉歌》更进一步，“我”的表现已到了“把声带唱破”“要爆了”的惊天力度。这两首诗在“我+动词+宾语”的基本句型之外，使用语气词“呀”加重语气，并运用疑问、反问等增强诗中情感的流转。长句、短句、单字句的错落，配合语气词和反问句，形成抑扬顿挫的诗句节奏，拉伸起情感爆裂之动感与余韵渲染之悠长之间的交替；此外，标点符号，尤其是叹号、问号的大量运用亦辅佐了情感的力度。白话和欧化语言在郭沫若的手里渐渐成熟，晋为现代汉语的初级形态，白话作诗所囊括的丰富经验、形式的自由、语言内部的情感节奏这些现代性的物质亦一一凸显，用白话作诗，再不是一个值得人们质疑的选择，而是中国新诗昂首迎接的使命。

1920年夏，郭沫若于《时事新报·学灯》发表诗作《笔立山头展望》——

大都会的脉搏呀！
生的鼓动呀！
打着在，吹着在，叫着在，……
喷着在，飞着在，跳着在，……
四面的天郊烟幕朦胧了！
我的心脏呀，快要跳出口来了！
哦哦，山岳的波涛，瓦屋的波涛，
涌着在，涌着在，涌着在，涌着在呀！

万籁共鸣的Symphony，

自然与人生的婚礼呀！

弯弯的海岸好像Cupid的弓弩呀！

人的生命便是箭，正在海上放射呀！

黑沉沉的海湾，停泊着的轮船，进行着的轮船，数不尽的轮船，

一枝枝的烟筒都开着了朵黑色的牡丹呀！

哦哦，二十世纪的名花！

近代文明的严母呀！

这首诗是中国新诗里第一首“城市诗”，郭沫若第一次为新诗注入了城市、工业等现代文明的动感经验，充满运动感的都市脉搏展现了现代社会充满力量、希望、朝气，与世界潮流共振的激越。工业、都市、西方哲学思想，新诗丁白话诗人群的表意开掘之外多了许多面向世界与未来的开放天地。

至此，郭沫若于福冈仓库里，信笔挥洒出“新诗”作为独立体的崭新面貌：诗的经验不再局限议论与说理，“诗的本质在于抒情”；经验的传达甩开了古典诗歌中“以物观物”的思维方式，独创抒情主体驾驭的言说天堂；使用的语言褪去白话浅薄、稚嫩、粗俗、呆滞的外壳，与现代化的生活与经验默默有了隐秘的关联；诗的体式也总算摆脱了古典诗歌留下的血腥味，不拘格律、不限诗行的自由体成为新诗主流。而这一切起源于想象、灵感的艺术本质视角，浓烈的情感和奇特的想象，以及新诗来

自力与美本身的力量。他重生了自我，改变了新诗。这一切轰轰烈烈，犹如划过天际的一道流星，来与去都像奇迹。随着五四热潮在中国大地上的逐渐淡去，以及宗白华的离职和田汉转向戏剧的选择，“那种火山爆发式的内发情感是没有了”。郭沫若的新诗生命，就此走到了再难回首的顶点。

当听到沫若“弃医从文”的决定时，安娜虽然错愕，可她却不惊讶。

她早应预料到，1919年冬天奋笔疾书的沫若，1920年春与友人狂歌醉酒的沫若，1920年夏登高疾呼的沫若，就像初遇时耀眼却刺目的沫若，骄傲而执拗，做一件事，他很少回头。

虽然次子郭博的出生使得他们原本困窘的生活雪上加霜，他们一度陷入断米欠租的境地，但在天生的诗人面前，安娜实在抵挡不住他飞舞的光彩。既然当初是他将她带离了沉闷的世界，照亮她的天空，她又何必束缚他的手脚呢？他为她的青春带来无数惊喜，她自许他去追逐梦里的锦绣山河。

1920年，郭沫若、宗白华、田汉三人的通信集《三叶集》出版，三个年轻热情却又饱尝痛楚的灵魂碰撞在一起，为郭沫若带来前所未有的创作巅峰，也坚定了他寻求同道中人，并肩前行的心念。1921年初夏，郭沫若从福冈前往东京，于6月8日，在东京帝国大学第二改盛馆，和同在日本留学的好友们碰面。他们当中有和郭沫若一见如故，结为歌德席勒之交的田汉，有郭沫若在冈山读预科时，陪他一齐如饥似渴阅读泰戈尔和歌德的成仿吾，有在箱崎海岸与他戏水，畅想文艺结社的张资平，还有他初到日本便结识，才情惊艳众人的挚友郁达夫。这一日，大家齐聚郁达夫的居所，每个人的眼中都灼烧着鲜活的火焰。

是时候了，众人相互凝望，点点头，握着手。文学革命把旧文学“破坏”得差不多了，该是新文学自身站立，吸取阳光和雨露，在乱世的枪炮与玫瑰里寻得光明的时候了。1921年1月4日，周作人、郑振铎、沈雁冰、郭绍虞、朱希祖、瞿世英、蒋百里、孙伏园、耿济之、王统照、叶绍钧、许地山等十二人在北京发起并成立文学研究会，承继《新青年》编辑部与白话诗人群的创作主张并予以发展，提倡“为人生”的文学。现在，他们这些漂泊东瀛，忍受着歧视、排挤、疏离的孤独学子，承载着身体、思想、自我、国家多重痛楚的灵魂，也应聚拢 处，在“为人生”之外，为新文学开辟一片隐秘浪漫的精神原野。1921年6月8日下午，中国现代文学史上最重要的文学团体之一——创造社，于日本东京成立。

“创造”，是郭沫若渴求的社团使命，他在《创造》季刊的开篇词上这么描述他的希望——怀着“创造者的孤高”“创造者的苦恼”“创造者的狂欢”和“创造者的光辉”去“努力创造”，以促使“火山之将喷裂，宇宙之将狂飙”。

他是个地地道道的浪漫主义者，从来都是。1921年8月，郭沫若将1919年至1921年发表及创作的新诗整理成集，交予上海泰东图书局出版。诗集名《女神》，取自他的同名长篇诗剧。诗集一经出版，四方震动，反响丝毫不逊于胡适的《尝试集》，甚至还甚于前者。新诗发展的内部场域由此发生了巨大变化，白话诗人群渐渐退居二线，文学研究会诗人群努力坚持现实关照，而《女神》确立的抒情主体、自由体诗、长诗风靡大江南北，抒情回归了新诗，自我膨胀到极致，一时竟成新诗的滥觞。

《女神》的巨大成功让郭沫若不可能再蜷缩在东瀛一角，继续做狂飙突进的观望者。他耗尽全部心血助长这场运动的惊人动魄，是时候回到它的角斗场，继续下一个激动人心的时刻，即使它可能不再是“诗”。1923年春，郭沫若从九州帝国大学毕业，毅然踏上归家的道路。望着心意已决、豪情万丈的丈夫，郭安娜，就像《安娜·卡列尼娜》里义无反顾的安娜，只说了句“去吧，去做你想做的！”，就立即收拾行囊，随郭沫若来到一个对于她而言全新的国度。在这一年，郭沫若出版了第二部个人诗集《星空》。这时他写的诗，较之《女神》时期的气势磅礴，倒有了些深邃幽静的朦胧与哀凉——

远远的街灯明了，
好像闪着无数的明星。
天上的明星现了，
好像点着无数的街灯。
我想那缥缈的空中，
定然有美丽的街市。

街市上陈列的一些物品，
定然是世上没有的珍奇。
你看，那浅浅的天河，
定然是不甚宽广。
那隔河的牛郎织女，
定能够骑着牛儿来往。
我想他们此刻，
定然在天街闲游。
不信，请看那朵流星，
是他们提着灯笼在走。

——郭沫若《天上的街市》

平实淡雅的语言，取材传说的古典韵味，音韵的回旋往复，安静的郭沫若也会写安静的诗，静得像盛夏夜晚独自低语的睡莲。从追逐太阳到凝视星空，正如他原先诗中变化万千的意象和灵感，郭沫若渐渐地变了。

他对新诗，不再那么执着，写了一些诗剧，又开始致力于歌德的翻译。在翻译里，尤其翻译《少年维特的烦恼》，郭沫若还能寻回青春正盛的心跳和柔情。他同时也致力于文论、小说、哲学、社会考察、史料与史籍的搜寻、考古研究等，还有飞速变幻的20世纪20年代、接连不断的军阀混战、社会变动中的思想洗礼……郭沫若在变，他周围的人与事变得更快。1925年，郭沫若发表组诗《瓶》，完成一次对自己灵魂复杂面的剖析后，他暂别了新诗，投身于更浩荡的社会变革。至此，“诗人”郭沫若的身份告一段落，他成了革命文学的主力军、考古研究大家、著名的文学思想家与文坛巨匠、新文学的旗帜之一，那个才华洋溢、纯粹而神秘的“诗人”郭沫若，它被永久封存在20世纪20年代绚丽的光影里。

新诗徐徐从郭沫若波澜壮阔的激情中掩去了面孔，而郭沫若与安娜最美好的岁月，也随之走向乱世最难揣摩的凋零。1928年，郭沫若为避通缉，与安娜再度返回日本，定居千叶县。漫长的婚姻生活，养儿育女的琐碎辛劳，四处辗转的艰难不易，磨出安娜手心里的茧，也筑起夫妻二人心灵之间的高墙。安娜不得不承认，那个男人初遇时的热烈与柔情，并不专属她一人，她一次次接受了丈夫的背叛与誓言，仿佛这二者的循环往复，像还在写诗时沫若的灵感与黯然，如杨柳扶风，梅花纷落，来去都匆匆。

时间进入20世纪30年代后期，全面抗日战争爆发，沉寂多年的民族差异点亮了二人决裂的导火索。1937年7月，郭沫若只身回国，投身抗战，留下安娜与她和他的四子一女，夹缝求生。回国后，郭沫若认识了参与抗日文艺演出的故友之妹于立群。她的姐姐于立忱曾与郭沫若有过一段露水情缘，对其姐满怀愧疚的郭沫若，在于立群身上重新发现了青春的秾艳与娇美。战火、奔逐、流亡挡不住他本性的多情，1938年，郭沫若与于立群结为夫妻。在于立群的陪伴下，郭沫若专注于组织抗日文艺工作，写下多部爱国题材的历史悲剧。广为人知的《屈原》便是在这段烽火连天的日子写下的。

另一边，安娜带着五个孩子，咬紧牙关苦苦煎熬。郭沫若的不告而别将他们母子六人险些推入深渊，逃出监视和审讯后，她使出浑身解数，为五个嗷嗷待哺的孩子撑起一片天。她早已不是情窦初开、矜持懵懂的少女，而是一个为了活下来，无所不能的主妇。在最艰难的时候，她仍细心珍藏丈夫留在日本的研究资料、成果和他留下来的书信、日记和手稿。这些是二十余年夫妻生活留给她的全部。

1948年夏，阔别十一个春秋，探得郭沫若下落的安娜拖家带口，从日本远赴香港，希望与丈夫团聚。等待她的是年轻美丽的于立群以及郭沫若与于立群的子女。他终不再是需要她追逐的朝阳，也不是为她闪烁的那颗明星。揉碎她的心，就像当初俘获她的心一样容易。他们已近暮年，青丝生华发，玉镜凋朱颜，他提笔写诗，写出的大白话受尽后人的指指点点，再也不是那个坐在福冈仓库里光芒万丈的青年了。协商好子女的抚养问题，她转身离去，不给自己一丝软弱的余地。

1975年夏天，已是白发苍苍的安娜，蹒跚着步子，从上海抵达北京，探望病重住院的郭沫若。这是他们最后一次相见，与初遇一样，还是在弥漫着消毒水气息的医院。此时的郭沫若两度丧子，精神大不如前，大半个世纪的中国从他身上奔驰而过，碾下一身斑驳。望着颤颤巍巍的郭沫若，安娜犹如看到了那个悲伤时像婴儿般纯真的爱人。她对他说："你变了，变得慈祥了，你是会进天堂的。"

我们无从知晓郭沫若的回复，或许对他来说，进不进天堂，就好比那场他误打误撞卷入的狂飙突进，都是偶然与必然中交错的剪影，抓住了便轰轰烈烈，错过了亦烈酒狂歌。像他精神的图腾歌德，像他曾经无数次吟诵的泰戈尔与惠特曼，他原是一个天生浪漫，灵感无限，热情永无止境的人。

关于他的争议，从诗作到人品，数十年来从未间断。毁誉参半的口碑和无数似真似假的标签，齐聚在郭沫若一人身上。他是写出《女神》的天才诗人，亦是滥用抒情的三流写手；他是竞逐时代的弄潮儿，也可以是顺势而上的投机分子。有人崇拜他，有人诋毁他，有人恨他，有人骂他，倒是爱他的人不大多，他看上去，也并不是多么可爱的人。这似乎跟郭沫若27岁时的想象完全背道而驰，可他不会明说在不在乎。咽完所有质疑和攻击，1978年6月郭沫若病逝于北京，结束了他曲折波荡而光影斑驳的一生。

回到新诗上来，那么郭沫若的诗究竟写得如何呢？在前文中，我们已无数次论述他为新诗带来的创造与贡献。其实，在他习惯安静写诗之前，《女神》时期的诗也并非大众所想，全是毫无章法的大吼大叫。1919年12月，《时事新报·学灯》刊出郭沫若的诗作《夜步十里松原》，便是最好的例证——

海已安眠了。
远望去，只见得白茫茫一片幽光，
听不出丝毫的涛声波语。

哦，太空！怎样那样的高超，自由，雄浑，清寥！
无数的明星正圆睁着他们的眼儿，
在眺望这美丽的夜景。
十里松原中无数的古松，
都高擎着他们的手儿沉默着在赞美天宇。
他们一枝枝的手儿在空中战栗。
我的一枝枝的神经纤维在身中战栗。

夜空下的大海与古松和璀璨的星空相互交映，大海酣睡，繁星静息，生命的声响却从未停止。星星有了眼睛，古松长出手臂，世界、地球、宇宙等宏大到极致的存在，与屹立在苍穹之下的独立个体，渐在广博的时空中取得神妙的平衡。宇宙回荡个体，静谧涌动生命，肆情言说的“我”收敛起情感单向的冲动，纳入了生命意识、世界意识与宇宙意识，郭沫若悄无声息地将最深层的存在命题引入了新诗。

这首诗值得后人品味的，还有那个将古松枝条变为手臂的想象。这个想象一下子使得古典诗歌中重要的文化象征——松树，融入激情和现代意识缓缓发酵，亮出独一无二的现代性色彩——古松向天空伸出手臂，好似独自屹立的自我向世界张开怀抱，这不正是变动的20世纪里向祖国呼唤的游子，向时代呼唤的中国，向世界呼唤的个体的缩影吗？幽美沉邃与激昂壮阔，两支截然不同的旋律在郭沫若笔下融汇在一起，奏起崭新自我想象世界的交响。

这只是郭沫若早期众多诗作中的一首，无数丛光芒中的一束。他的诗为中国新诗进行了洗礼，洗礼过去了，他那最诚挚、最炽热的言说冲动仿佛也随风而逝。或许他这一生，并未真正遗忘《女神》时期排山倒海的纯粹，因他一直努力比时间多走一步。然而，他的诗情，好比他对安娜的爱情，他与诸子的亲情，他和创造社同人分分合合的友情，像他一生的轨迹，太过缥缈不定。对此，除了叹息，我们似乎也只能表示遗憾，遗憾他走得太远，却曾经离他年少时的梦那么近。

湖畔的小花

——汪静之与《蕙的风》

1922年3月底，22岁的中国棉业银行职员应修人接到上级的批示——领导准了他一个礼拜的假期。春风吹绿了上海的大街小巷，更吹动了应修人早已按捺不住的激情。他兴致勃勃换上了长袍，戴上一顶礼帽，抄起行李箱往上海火车站冲去。临上车前，他请人给自己拍了一张照片，照片上他一手拿礼帽，一手拉行李箱，脑袋故意往右边点了点，活脱脱一个云游四方的江湖客，随性而潇洒。他将这张照片寄往不远处的杭州，那座浸润在烟雨与嫩柳中的古城，好让通信两年有余的笔友能一眼认出自己。

1922年3月31日，浙江省第一师范学校的一个学生拿着一张新收的照片，一早守候在城站月台上，不时眺望从远处飞驰而来的火车。他叫汪静之，还不到20岁，却已是《小说月报》《新潮》等白话诗人群活跃的杂志上的常客。此刻他在等待一位比自己年长两岁多的笔友。对方是银行职员，却也是热衷新诗的文学爱好者，在《小说月报》《新潮》等杂志读了他的诗，深受打动，来信与他交流。两个越聊越投机，诗是他们共同的血液，是年轻的灵魂共痴迷的赤诚。经时代酝酿，由青春沸腾。互写了十几封信后，对方提出想趁着休假来杭州，一是共游西湖，增进友谊，二是交流新诗，商议大计，他欣然应允。

春天的江南是最迷人的江南，桃红柳绿，芳草萋萋，西湖畔的汪静之觉得自己是世上最幸福的诗人。就在不久前，他接到上海亚东图书馆的邀约，即将为他出版个人诗集。他刚把选好的诗稿寄去上海，四处约人作序，神交已久的笔友便亲临杭州了。汪静之拿着照片，这照片主人的心情一定跟自己一样好。照片的背面写着“西湖去！”三个大字，一个叹号不够，还在西湖下重重画了两道横线。他对着照片，一一比对人流中有没有与之相似的脸，没费多少气力，便找到了恍若从照片里走下来的笔友。

这场历史性的会晤此时还未引起浙江省第一师范学校里另两位学生的兴趣。冯雪峰和潘漠华都是汪静之的好朋友，经常一起写诗，虽不及汪静之在诗坛的名声响亮，但也是朱自清、叶圣陶、刘延陵这些老师心中的可造之才。他们听说汪静之与上海的一位笔友来往密切，亦动笔与这位大哥聊得甚欢。汪静之告诉他们，对方即将抵达杭州，可他们没有完全放在心上。毕竟谁也不会想到，他们四个人一生最天真无邪的岁月，都留给了1922年的春天西湖畔的这场聚首。他们即将结成一个平均年龄只有20岁的创作团体，奏响一段澄澈而明亮的新诗插曲。当天下午，汪静之兴致勃勃拉应修人去游西湖。他也不会想到，毕生最绚丽的花火，早在他20岁来临的这一年，燃烧得无边无尽。

1920年，18岁的汪静之发现了新诗这一神奇的青春命题。诗本是时光留给生命的独特镌刻，新诗更是这蓬勃的生命最真挚的言说，当新诗遇见少年，火花四溅，照亮了汪静之的日日夜夜。

1921年，他进入浙江省第一师范学校。浙江省第一师范学校和周边地区的学校，不少教员支持新文化运动，在他们的耕耘下，学校化作一座座新诗的摇篮，纯真的少年们在此领略诗崭新的面貌，惊叹白话构筑的精神世界竟这般亲切明晰，思索如何将新诗变成未来中国真正的诗。汪静之身边不少同学都是新文学的忠实拥趸。1921年，汪静之、冯雪峰、潘漠华、柔石等人成立了晨光文学社，朱自清、刘延陵、叶圣陶任顾问。三位经历了五四洗礼的文学研究会干将，使汪静之靠流光溢彩的新诗梦更近了。汪静之开始发表作品，很快，当时新诗坛的中心——北京接到了消息，渐渐远离创作第一线的胡适注意到了这个稚气未脱的男孩。

汪静之祖籍安徽绩溪，与胡适恰巧是同乡。彼时《新青年》创作群逐步褪去光芒，北大学生俞平伯、康白情等人组成的《新潮》杂志成为新诗发表的重要空间。但在胡适看来，俞平伯、康白情少时受古典文学教育，写的诗仍有“放脚”的血腥味；与他们相比，这位小老乡是第一批接受新文学教育成长的孩子之一，他的诗笔自由自在，象征着新诗真正的未来。他决意支持他诗中热烈的朝气，帮助他在新诗坛找到青春的乐园。就这样，汪静之从默默无闻的少年学生，一跃成为《小说月报》《新潮》等刊物的新诗创作主力。他与文学革命的其他大佬同样联系紧密，鲁迅、周作人与他通过书信，十分赞赏他诗中昂扬的少年意气。

1922年初，成名才一年不到的汪静之，接到了上海亚东图书馆发来的邀约。这家出版机构与同城的泰东书局一个主打胡适的《尝试集》，一个主打郭沫若的《女神》，博弈了不少时日，一直是《新青年》《新潮》创作群主要的出版阵地。在敲定俞平伯、康白情的诗集后，亚东图书馆把目光转移到19岁的汪静之身上。经营者汪孟邹、汪原放叔侄恰巧也来自安徽绩溪。他们与胡适不谋而合，认定新诗需要一张全新的面孔，来张扬“新”光芒万丈的无限可能。

当时在晨光文学社，除了汪静之，冯雪峰与潘漠华是写诗写得格外出众的两位。校园隔开了风起云涌中太多残酷的血影，在这里，他们可以完完全全属于新诗。因而1922年4月1日，汪静之引应修人走进浙江省第一师范学校，应修人瞬间被这里流淌的纯粹与热情所包围。四人一见如故，越聊越欢，从学校聊到了西湖，从苏堤聊到了栖霞岭。西湖波光粼粼，柳浪起舞，花港静谧，莺啼风动，处处新鲜的景象，令他们不停驻足；四周男女老少来来往往，游玩的、过路的、拉客的、歇脚的，比比皆是，尘世间各色面孔竞相流转，同样摄取了少年诗人们的心魄。他们边玩边想，走走写写，汪静之便记录下了陪应修人乘船至南屏山时看到的一幕——

瓜皮艇里天真的女孩儿，
娇憨地偎在伊妈妈怀里。
妈妈底慈祥罩着伊。
我不觉地把我将要吃的几块抛给伊，
几次都误投到水里了。
伊未得到我底赠品，
伊底笑容已表无限的谢忱了。
伊旁边的严厉的爸爸，
却给我一个“不以为然”的眼色了。

——汪静之《赠糖》

这就像一个小孩子絮絮叨叨他对繁杂的所有印象，女孩的甜柔，母亲的慈爱，父亲的严肃，一个寻常不过的家庭，一段没什么离奇的相遇，能勾起汪静之无限的回想。这就是新诗赋予言说的自由。汪静之笔触天然，他的眼睛亦只偏爱天然的事物，潘漠华却不同。他为此次出游写了一首《轿夫》——

倦乏了的轿夫，
呆呆地坐在我底身边，
俯首凝视着石磴上纷披的乱草与零落的黄叶。
倩笑的姑娘，
烂漫活泼的童子，
赤裸裸卧在海边号哭的妇人；
这些可使我笑可使我流泪的，

尽在我膝头展开的画册上鲜明的跳跃。
但这于他有什么呢？
他只从纷披的乱草里，
看出他妻底憔悴的面庞；
他只在零落的黄叶里，
看出他儿女底乌黑的眼睛。

潘漠华家世凄苦，遭遇坎坷，虽然只有22岁，却比当时未满20岁的汪静之与冯雪峰成熟许多。汪静之与冯雪峰，一个大胆炙热，一个明朗活泼，吟唱纯真浪漫的少年之音；潘漠华则行笔沉重含蓄，多写人情冷暖的纷杂世态，别具一格。截然不同的创作风格并未影响他们以诗会友的兴致，相反倒让应修人对这群笔友更感兴趣。4月4日，众人齐聚孤山下的西泠印社四照阁，一边喝茶，一边聊诗。应修人见众人意兴颇浓，提议不如大家各选几首满意的诗作，结集出版。

这个提议宛若一声春雷，霎时炸开了少年们压抑许久的渴望。不是所有写诗的少年都幸运如汪静之，拥有出版新诗集的机会。就在他们泛舟西湖前一个月，1922年3月，上海亚东图书馆出版了俞平伯的诗集《冬夜》与康白情的诗集《草儿》，两部诗集在新式学堂和各大中学里收获了热烈的反响，将自己的名字刻印在新诗集上，应修人、潘漠华、冯雪峰，包括即将出版诗集的汪静之，谁敢说自己没想过呢？大家纷纷响应。应修人此次来杭州不仅见到了汪静之，还认识了一群与自己志同道合的小伙伴，他利用业余时间耕耘的文学梦终于现出一缕真容了——那是4月初旖旎的西湖，是20来岁的眼睛里闪烁的热爱，是他们次日在清泰旅馆定下的团体名字：湖畔。

14岁出门做学徒的应修人深谙社会的不容易，他建议大家结成团体，人多力量大。4月5日，西湖烟雨蒙蒙，应修人也不想再多去什么地方，召汪静之、冯雪峰、潘漠华齐聚在自己投宿的清泰旅馆。他们那日说了什么，我们很难知晓，只知他们以西湖之畔为名，宣布湖畔诗社成立。这个“湖畔”可不是18世纪英国浪漫主义诗歌的巅峰——华兹华斯的湖畔派，而是当时深究现实、苦难、战火、贫弱、生死的中国新诗，偶尔涌出一棵孕育爱与美的嫩芽。尽管晚年的冯雪峰声称，集结成团不过只是为了方便出版诗集，然而“湖畔”的名字还是将这四片新生的叶子叠在一起，倒映出青春绮美又忧惘的倒影。

潘漠华、冯雪峰立即交出自己的诗作。到了汪静之，此时上海亚东图书馆已用他的一首诗给他即将面世的诗集命了名——《蕙的风》，众人起初并未将他考虑进来。可这毕竟是湖畔诗社第一声号角，还是得四个人一起吹才嘹亮。汪静之找出《蕙的风》的底稿，誊抄了6首小诗交给应修人。4月6日，应修人的归期已到，他心满意足，带着无比的欢欣与喜悦来到杭州火车站。

他来的时候，汪静之拿着照片到处张望，两个人并不相识；区区一周，汪静之、潘漠华、冯雪峰一齐将他送到了月台，不舍分别。汪静之等人纷纷叮嘱“修哥”打点好出版事宜，期待下次再聚。应修人登上火车趴在窗台上，凝视着月台上一张张稚嫩的面孔。在他们的脸上，没有岁月吞噬的咬痕，没有乱世里奔波凄迷的苦楚，只有浓烈的友谊、深沉的热爱，以及不会被任何事物磨蚀的希望。

“想起一件要紧的事！”列车轰然一响，车轮缓缓向站外行进，应修人突然想起一件事，冲窗外这些年轻的面孔高呼。

“《蕙的风》最好也作为《湖畔》诗集之一！”

应修人的呼喊卷入4月杭州迷蒙的春风，最终淹没在火车的怒吼里。汪静之凝视着远去的列车，开始想念在西湖边尽情肆意的一周。潘漠华与冯雪峰开始期待他们破土而出的那一刻。

1922年4月，应修人回到上海之后，不断与亚东图书馆斡旋，希望将《蕙的风》作为《湖畔》系列之一出版，遭亚东图书馆拒绝；应修人又提出可统一刻印《蕙的风》与《湖畔》，并把《湖畔》交付亚东图书馆，对方亦无情拒绝。汪氏叔侄不敢轻易相信这群少年诗人的自荐，尽管汪静之身在其中，可《蕙的风》即将出版，何须多此一举？

亚东图书馆的决绝态度多少挫伤了应修人的自尊心，但他不能轻易放弃。西湖边的少年们还翘首以盼梦想的实现。应修人决定自费出版诗集，亲力亲为。与应修人年岁相仿的潘漠华承担了他的一些工作，协助他给诗集定价、宣传广告语的标记、代售处的确认等。应修人集资195元，请上海美专的朋友应涛绘制封面：三色横纹象征白云、青山、湖光和苇影，诗集的装帧小巧精美，有些类似今日的“口袋书”。诗集的定价尊重了潘漠华的意见，定价两角，初版3000册，于1922年4月发行。

为了宣传《湖畔》，提升诗集的知名度，应修人可谓煞费苦心。他们找到了经常帮助文学新人的周作人，请他撰文为《湖畔》宣传，朱自清也在一旁声援。湖畔诗社正式在新文学界亮相，诗集清新动人的少年情致，袒露心曲的大胆直率，与同一年文学研究会同人出版的、描摹社会现实的《雪朝》形成鲜明对比，吸引了一些讨论的声音。

湖畔诗社的整体创作，多数写爱情、咏自然，以至于人们提起他们时，总习惯把他们当作爱情养育的少年维特。他们炽热的少年视角，细腻又直白的爱意倾吐，天真而缠绵的思念悱恻，无不深深叩问一百年前少男少女紧闭的心扉。其中汪静之无疑是最大胆直接的一位。1922年8月，他的个人诗集《蕙的风》出版，掀起一场前所未有的文坛旋风。

与应修人、潘漠华绞尽脑汁宣传《湖畔》不同，亚东图书馆重磅打造的《蕙的风》根本不愁宣传。胡适、朱自清、刘延陵为它作序，瞬间轰动一时。序文被临时撤掉的周作人，没有丝毫不悦，欣然帮汪静之题写了书名。数年未写新诗的鲁迅，在收到汪静之的手稿之后乐意帮他修改，提醒汪静之多读些海涅、拜伦、雪莱，以避诗歌幼稚。同年10月，19岁的东南大学学生胡梦华撰文，批判《蕙的风》诗艺浅薄、道德沦丧，鲁迅、周作人等大佬又齐齐出动，围攻胡梦华。这场文学论争无意间使得汪静之与《蕙的风》声名大噪，《蕙的风》初版两万余册全部售罄，创下一个难以复制的神奇纪录。沈从文多年后回忆，直说《蕙的风》引起的社会效应，更胜于陈独秀的政治论文。

《蕙的风》是少年爱情所有的跌宕，一颗年轻的、鲜活的心能经历的所有悲欢离合、心动心碎，在汪静之无法掩饰的火热中肆意蒸腾，溶解国人习惯了千余年的隐晦婉曲。汪静之的求学岁月，除了新诗，另一位忠实的伴侣就是爱情。他与同乡的曹诚英青梅竹马，年岁相近，十分投缘，可惜曹诚英按辈分算是汪静之的姑母辈，少年的爱恋未及绽开，便被寒风吹落。曹诚英与胡冠英成婚，虽保持与汪静之的通信，收下他一封封赤诚的情书，二人终归咫尺亦天涯。

1920年8月，为缓和汪静之多时的苦闷，曹诚英邀杭州女子师范的几位青年女学生共游西湖，喊上汪静之作陪。看着心上人与丈夫成双入对，汪静之苦不堪言。幸而西湖畔几位姑娘明丽的脸、娇俏的笑和那流溢着湖光的眸子吸引了他。汪静之细细端详，决定追求其中的符竹英。

符竹英是杭州一户小商人的女儿，父亲崇拜女侠秋瑾，思想倒很开明，十分支持女儿读书。她比汪静之小一岁，宛若西湖上轻绽的一朵小荷，洗清盛夏里少年的滞闷和焦躁，抚平他那颗因爱而不得揪成一团的心。汪静之的情诗迎面袭来，符竹英很快就对才情洋溢、热烈真挚的少年另眼相看，一切都按照正常的方向发展。不想有一日，符竹英从曹诚英丈夫胡冠英的口中听闻，汪静之家中已为他敲定婚约，几经犹豫，切断了少年滚烫的情丝。汪静之犹如遭到当头棒喝，一气之下，转向了当初同游西湖的另一位女孩：傅慧贞。

屋漏偏逢连夜雨：1921年，汪静之与傅慧贞刚发展出点眉目，傅慧贞远在湖南的家人知晓这段感情，明确表示反对。突如其来的棒打鸳鸯令汪静之措手不及，他不知如何第三次面对恋人的离去。傅慧贞无法抵抗家庭的压力，断绝了和汪静之的来往。痛不欲生的少年只能幻想思念变成一阵醉人的幽风，吹醒他那被家人锁闭的女孩；或是他变成一只蝴蝶，陶醉在幽香的风声里，幸福却短暂的相遇是他唯一的归依。

是哪里吹来
这蕙花的风——
温馨的蕙花的风？
蕙花深锁在园里，
伊满怀着幽怨。
伊底幽香潜出园外，
去招伊所爱的蝶儿。
雅洁的蝶儿，
薰在蕙风里：
他陶醉了；
想去寻着伊呢。
他怎寻得到被禁锢的伊呢？
他只迷在伊底风里，

隐忍着这悲惨而甜蜜的伤心，

醺醺地翩翩地飞着。

——汪静之《蕙的风》

这首诗的坦率直露震惊了无数读者，难怪同是19岁的胡梦华读了汪静之的诗作后，痛心疾首，斥责汪静之刻意撩拨人们心中最禁忌的愿望，竟在新诗中赤裸裸表现“兽性的冲动”。虽得一众文坛大佬帮忙解围，汪静之本人却不予任何回应。他的诗名写得清清楚楚，“蕙的风”，吹向慧贞的爱风。这风吹动了多少尘封的欢情，青年学子们竞相感佩它的炽烈，唯独动摇不了傅慧贞。

汪静之的热情又夭折了，这孕育爱情的心田还透着些许温热。他只能借助写诗寻求少年永恒的困惑，爱而不得是每一位维特的艺术缪斯。一面发泄，一面徘徊的汪静之，还是走回了符竹英的面前，重新向她发去潮水般的情书，将她紧紧包围。

符竹英仍在介怀汪静之家中的父母之命，汪静之这才发觉俩人之间横亘的误会。他再度剖明自己的心迹，苦求符竹英给他一次缔结“水竹姻缘”的机会。1922年1月，汪静之写下《竹影》一诗，以竹比喻美丽的恋人，以竹上流丽的光影吟咏对恋人的深深依恋。他唤她“竹因”，取“姻缘”之意；又给她取了个小字，唤作“绿漪”，取自《诗经》中的“绿竹漪漪”。他是明澈的水，她是清逸的竹，少年似水的柔情和诚挚的守候终软化了符竹英的坚持。待到《蕙的风》出版时，汪静之与符竹英早已你侬我依，形影不离。

“湖畔”结社，爱人复归，《蕙的风》又带来难以想象的巨大声誉，汪静之的人生，在20岁就走到了无数人的终点。他身边的这些诗友，也在这一年迎来了与新诗最深刻的交集。到了1923年，应修人提出应再出一辑湖畔诗社的作品，潘漠华、冯雪峰积极响应，汪静之却迟迟交不出稿子——在窥见新诗巨塔上的明珠之后，他觉得自己要冷静一下，不能再像以前那般肆无忌惮写诗了。少年们仿佛一夜之间都有了各自的心事。1923年8月，应修人、冯雪峰、潘漠华三人结集的《春之歌集》出版，汪静之请符竹英画了封面，表示对伙伴们的支持。这是他们最后一次文学合作。

随着他们陆续走出浙江省第一师范学校的校门，湖畔诗社淡出了他们的生活。1924年，汪静之于武汉与符竹英结为连理，那一天是4月4日，是两年前应修人提出结集出诗的日子。但对于汪静之而言，4月4日从此只属于他和符竹英的纪念，无关泛舟西湖的那些点滴。据他本人回忆，1925年五卅惨案之后，他们渐渐断了通信。西湖上倾洒的豪情犹如一颗流星，闪过新诗喧哗的白昼，从此夜深人静，各奔东西，在黄昏里辗转，在破晓前离散。

湖畔时期就格外关注世态人情的潘漠华与应修人，自五卅惨案发生，迅速调整了人生的发展方向。他们不满足纸笔里的慨叹与控诉，直接投身于社会运动，先后加入了共产党，切身为民族的独立与解放四处奔走。20世纪30年代初，他们响应党的号召加入左联，与国民党反动派展开触目惊心的搏斗。1933年5月，应修人赴上海的丁玲住处与她会面。因叛徒出卖，丁玲被捕，应修人陷入特务的埋伏，不幸牺牲。这年年底，因敌特指控，潘漠华于天津被捕，入狱受尽酷刑。次年12月，被折磨得不成人形的潘漠华组织狱友绝食，以抗议政治犯遭受的恶劣对待。在看到胜利的曙光之际，潘漠华又被敌人灌入滚烫的热水，壮烈牺牲。

四人当中年纪最小的冯雪峰，早在《春之歌集》出版时就因家境困难辍学。辗转多地的他于1925年抵达北京，在这里，他认识了改变他一生命运的人——鲁迅。在鲁迅的热情指引下，冯雪峰积极参与文艺思想的译介，终而与潘漠华、应修人一样选择了革命的文学道路。1930年，他作为筹备人之一加入了左联，徐徐成长为左翼文艺的坚定领导人。新中国成立后，冯雪峰经历了多次惊心动魄的文艺论争，受到数次批判，在多年的屈辱与冷待中走完了人生最后一程，1976年在北京去世。

而当年最引人注目的汪静之，却在1922年《蕙的风》的奇迹之后选择短暂的沉寂。1927年，汪静之出版了第二部个人诗集《寂寞的国》，标题是汪静之年少成名后最真实的内心写照。他虽断断续续在创作，可主要的精力还是放在了教育事业上，一生辗转四处任教，是新文学教育的主力军。澄澈的湖水与曼妙的柔波，相继化为汪静之甚少启齿的如烟往事。新中国成立后，汪静之大刀阔斧修改了《蕙的风》，并在20世纪80年代主动梳理湖畔诗社的成立与变迁，复起了湖畔诗社。

1996年10月，走过近一个世纪的汪静之合上了双眼。他带走了他最美丽的20岁，那也是中国新诗最清澈可人的20岁；他封存了关于应修人、潘漠华、冯雪峰的琐碎回忆，那是他们与中国新诗最短暂，亦是最惹人心动的相遇。他与他们的青春有些指向殷红的风暴，有些隐匿于寻常的讲坛，但都不约而同，紧紧贴靠着中国大地的变幻与呼吸。西湖之畔的欢聚是一幅明澈的剪影，定格一瞬透明的无邪，诉说青春与新诗交融时浇铸给中国的力量。

不仅仅有背影

——朱自清与《毁灭》

朱自清，一个熟悉得习以为常的名字。

无论是在学界讨论的文学史，还是家长里短的日常生活里，朱自清都不会是一个陌生人。从小到大，从春到冬，他留下的文字伴随了我们太多平淡又充实的人生阶段：生机盎然的《春》、平实动人的《背影》、清婉忧伤的《匆匆》、光色交织的《桨声灯影里的秦淮河》、静雅朦胧的《荷塘月色》……我们大多都有这样一段回忆，在课堂上吃力记着一行行长句，偷偷抄下那缤纷的文辞，幻想下笔如蝴蝶飞舞在指尖。光阴荏苒，我们很快就长大了，那些背得滚瓜烂熟的文段好像也离我们远去了。不过，总有一个不经意的时刻，或疲惫，或欣然，这些年幼时囫囵吞枣似的散文忽然钻出脑袋，看着我们，总一张一合，柔光流转，温情细腻，搅动有情人的春夏，抚平伤心人的秋冬。

这是朱自清笔下文字的魅力，亦是他的魅力。在那个新旧交叠的时代，朱自清身上有许多矛盾混合的影子：他有着“整饬而温和、庄重而矜持”的古典文人范儿，又有投身新文学革命的冲动与激情；他有着文人强烈的使命感与社会责任感，却始终捍卫文学的纯粹立场，坚守自己的标准评判文学；他是个了不起的文人，同时也具备生而为人的种种缺陷。他写父子情深的《背影》，却在尴尬的父子关系中挣扎不定；他写宁静怡人的《荷塘月色》，却在喧闹繁杂的小家里焦灼；他写淡泊悠远的《桨声灯影里的秦淮河》，却因一些琐事与故友时常争辩……

这些矛盾的元素在他创作的新诗里尤为突出。他有古典平和的审美趣味，却卷入新诗开拓的反古典诗美最前沿；他写诗如散文朴实自然，却纠结于想象与暗示的困境；他从创作者变成评论者，从参与者变成旁观者，却一直迟迟不肯真正拂袖离去。

1898年11月22日，朱自清出生于今天的江苏省连云港市东海县，6岁随家人定居扬州。与许多在文学革命中竞逐呐喊的年轻人相似，窒闷的阴云始终缠绕着朱自清的家庭。虽然朱自清在《背影》中为我们留下了许多泪水和感动，但回归现实，这段父子关系及背后盘根错节的家庭，给朱自清更多的是叹息。

又与不被这些年轻人理解的父母一样，朱自清的父亲朱鸿钧深爱着自己的长子。这毋庸置疑。朱鸿钧年轻时，亦是崇拜苏东坡的洒脱少年，热爱诗词古文，写得一手好文章。长子的出生给予他无比的喜悦，他立志要栽培这个孩子成才。他从偶像苏东坡的名句“腹有诗书气自华”中取“自华”，作为长子的名字，并身体力行，亲自投入儿子的教育中，督促他学习诗文，查阅他的功课，不愿放过任何一个在他看来会帮助儿子前进的时刻，比如望着泪汪汪的小自华，撕碎他好不容易完成的作文。

诚然，朱鸿钧并不是一味地严厉。在父子关系最紧张的时候，朱自清也没忘记孩提时过冬，父亲与自己一起吃热汤煮熟的豆腐块这一温馨又和睦的场景。父亲的慈爱与专制像镜子的两面，在朱自清的灵魂深处种下矛盾的根。这深深影响了他今后为人处事的性情：火的迅烈与水的甜凉，在他尚未踏入世事时，已塑好合二为一的形状。

父亲的花花行径也是导致父子不和的重要原因。朱鸿钧纳了很多姨太太，美人在怀，金屋多娇，令在新旧文化碰撞中成长的朱自清备感不满，却无奈于父亲在家中至高无上的话语权，屡屡退让。1917年，一位姨太太因朱鸿钧又纳新妾，愤懑之下向上级举报。朱鸿钧亏空公款五百多元，丢了官职，老母也离开了人世。书香门第的平静被打破，惊涛欲出，朱家坠入了深渊。

同年，朱自清考入了北京大学哲学系。报考时，他毅然划去了寄寓父亲无限期望的名字“自华”，改为“自清”，既提醒自己将来无论置身何种境地，都要保持清廉正直的品质，又提醒自己以父亲为前车之鉴，切莫重蹈覆辙的意味。他另从“董安于之性缓，故佩弦以自急”的典故中取字“佩弦”，意图警示性缓平实的自己。彼时风云变幻，浪潮迭起，家庭的掣肘束缚不了少年渴望的心，纵然“慢性子”如朱自清，面临轰轰烈烈的新文化运动，亦会奋不顾身。

作为文学革命与新诗运动的中心阵地，北京大学以《新青年》创作群为首，俞平伯、康白情、傅斯年等北大学生组成的新潮社为主要创作力的文学团体，又加上活跃在北京的其他青年学生、文学编辑、教员等（如许地山、刘延陵、郑振铎、沈雁冰），形成新文学最早的地域力量。从小受父亲影响，热衷诗词文学的朱自清自然也是其中的一员。1919年，朱自清开始尝试白话写作。有趣的是，他选择的新文学起点是新诗，而不是日后让他声名大噪的散文。

一开始写新诗，朱自清完全沉浸在文学革命的理想氛围里，尽情歌咏少年们心心所系的光明。那是他在父亲的威严和强权下想都不会去想的自由和独立，直抒胸臆的呼吁是他笔下出现最多的话语。

风雨沉沉的夜里，
前面一片荒郊。
走尽荒郊，
便是人们底道。

呀！黑暗里歧路万千，
叫我怎样走好？
“上帝！快给我些光明吧，
让我好向前跑！”
上帝慌着说，“光明？

我没处给你找！
你要光明，
你自己去造！”

——朱自清《光明》

一段四行，双句押韵，朱自清深厚的古典文学素养，使他一开始就关注到新诗的形式与语言问题，注重诗的内质经营。他温厚平实的性格、中正平和的审美观，又使他与同样注意到新诗美学问题的俞平伯、康白情等新潮社同伴不同，写起诗，那平和恬淡的视角总会抹去革命激烈的血腥。说来也奇，在那个新诗人个性鲜明的时代，二十出头的朱自清却似如一杯清水平静。

好一片茫茫的光，静悄悄躺在地上！
枯树们的疏影，荡漾出她们伶俐的模样。
仿佛她所照临，都在这般伶伶俐俐地荡漾；
一色内外清莹，再不见纤毫翳障。
月啊！我愿永远浸在你的光明海里，
长是和你一般雪亮！

——朱自清《满月的光》

古典化的取材，形象化的修辞，清美婉约的语言，朱自清这时的新诗就像一只掠过水面的白鹭，没有掀起什么风浪，也志不在此。虽少了一些曼妙的想象、奇异的思索、浓烈的个性，却也晶莹通透。或许，对于此时纠缠在家庭不和与个性矛盾中的朱自清来说，于洋溢着理想与希望的北大校园里，写新诗，唤新声，未尝不是他内心自我需求的释放。

1920年，朱自清毕业，为了家庭生计，他回到父亲身边，经北大校长蒋梦麟推荐，赴杭州第一师范学校任国文教员。朱自清主动返乡，非但没有让父亲心情好转，反而令望子成龙的朱鸿钧失望透顶。他认为儿子选择吃粉笔灰是大材小用，加上失业已久，他的性格越发暴躁，父子之间又起了新的隔阂。

家族破败的一地鸡毛终磨去朱自清自恃的“慢性子”外衣，曝出矛盾的炙热。朱自清在《背影》中回忆这段父子纷争：“家庭琐屑便往往触他之怒。他待我渐渐不同往日。”一日，朱自清发觉自己做教学主任的薪水已被和校长早有深交的父亲提前领走，不再继续忍耐，头也不回走出家的大门。在朱鸿钧看来，老子用儿子的钱天经地义，他不解儿子的突然爆发，将怒火甩给朱自清的妻子武钟谦，逼得她不敢展露笑颜。

1921年冬，朱自清接出武钟谦，索性自立门户。第二年暑假，朱自清带妻儿回家，被盛怒的父亲拒之门外。全家人苦口婆心地劝，也劝不回老人对儿子的理睬。1923年暑假，朱自清返家探视父亲，又碰了一鼻子灰。那往昔冬日一同围着火炉吃豆腐的亲切回忆，早被这对父子压在心底。一个愤怒无言，一个无奈不言，却是相似的倔强和焦急，朱自清骨子里的这股热劲儿，于文学革命中尚能掩饰二分，但在这场家庭无声的硝烟里，展现得淋漓尽致。

除了暴躁易怒的父亲，朱自清还不得不头疼变动的工作、新婚的妻子、一个又一个呱呱坠地的孩子，支撑小家庭的生计。父子不和像挥之不去的阴霾，笼罩在他的心头，让他看什么都多了几分复杂与晦暗。然而，这段之后朱自清不愿多回首的忙碌岁月，却是他与新诗交集最多的时分，也是他文学之路真正的开始。

自1920年赴杭州第一师范学校任教职，朱自清一面积极投身国文教育，一面千方百计使得新文学教育与国文教育合流，为新文学的创作与发展提供坚实的基础。1921年秋，朱自清结识了同在江浙一带致力教育的叶圣陶，二人一见如故，遂结为挚友。10月，朱自清与叶圣陶双双到浙江省第一师范任教，一同游玩，一处起居，相谈甚欢。在叶圣陶的影响下，朱自清坚定了新诗教育的意向，与叶圣陶一同和浙江省第一师范学生创立晨光文学社，即前文中湖畔诗人们年少时的诗歌乐园。与此同时，朱自清的新诗创作也越来越多，其风格亦不自觉地发生微妙的转向。现代文明带来的不同生活节奏、现代青年充满希望而又时入迷惘的人生观、现代社会复杂变动中源源不断的苦难，无不一次次叩问朱自清的心。在这一年秋天，他加入了文学研究会。

1921年1月4日，文学研究会于北京成立。随着白话诗人群的胡适、鲁迅、周作人、刘半农淡出了新诗创作的前线，康白情赴美留学，文学研究会中年轻的诗人们，延续了前辈们的传统，重视新诗与特定历史现实的关联，“为人生”书写，书写“为人生”。他们之中，徐玉诺着重于对社会苦难、创痛、阴暗面的揭示，郑振铎写景注重写实，有意规避夸张的想象，王统照将现实的复杂融入朴实的语言质地，叶绍钧钟爱人生最常遇的灰色处境，平淡中有琐碎，琐碎中有人性。在郭沫若开创的自我抒情面前，他们不约而同保持了清醒，反拨了新诗坛已成滥觞的直抒胸臆。

加入文学研究会后，朱自清的诗也愈加关注社会、苦难、民生，还有在艰难处境中容易迷惘的精神困境。这些灰色的、晦暗的、纠结的生活粒子，不断搅动他心中努力封存的燥热，逼迫他必须敏感地面对身边沉重的劳作、凋敝的社会、疲惫的面孔。

"洋糖百合稀饭，
三个铜板一碗，
那个吃的？"
"竹耳扒，破费你老人家一个板；
只当空手要的！"
"吃面吧，那个吃饺面吧？"
"潮糕要吧？开船早哩！"
"行好的大先生，你可怜可怜我们娘儿俩啵——
肚子饿了好两天罗！"
"梨子，一角钱五个，不甜不要钱！"
"到扬州住那一家？
照顾我们吧；
有小房间，二角八分一天！"

"看份报销消遣？"
"花生，高粱酒吧？"
"铜锁要把？带一把家去送送人！"
"郭郭郭郭"，一叠春画儿闪过我的眼前；
卖者眼里的声音，"要吧！"
"快开头了，贱卖啦。
梨子，一角钱八个，那个要哩？"
拥拥挤挤堆堆叠叠间，
只剩了尺来宽的道儿；
在溷浊而紧张的空气里，
一个个畸异的人形
憧憧地赶过了——
梯子上下来，
梯子上上去。
上去，上去！
下来，下来！
灰与汗涂着张张黄面孔，
炯炯的有饥饿的眼光；
笑的两颊，
叫的口
检点的手，
更都有着异样的展开的曲线，
显出努来的痕迹；
就像饿了的野兽们本能地想攫着些鲜血和肉一般，
他们也被什么驱迫着似的，

想攫着些黯淡的铜板，白亮的角子！
在他们眼里，
舱里拥挤着的堆叠着的，
正是些铜元和角子！——
只饰着人形罢了，
只饰着人形罢了。
可是他们试试攫取的时候，
人形们也居然反抗了；
于是开始了那一番战斗！
小舱变了战场，
他们变了战士，
我们是被看做了敌人！
从他们的叫嚣里，
我听出杀杀的喊呼；
从他们的顾盼里，
我觉出索索的颤抖；
从他们的招徕里，
我看出他们受伤似地挣扎；
而掠夺的贪婪，
对待的残酷，
隐约在他们间，
也正和在沙场士兵们间一样！
这也是大战了哩。
我，参战的一员，
从小舱的一切里，

这样，这样，

悄然认识了那窒着息似的现代了。

——朱自清《小舱里的现代》

狭仄的船舱不单单是小贩们残酷竞争的生存场，在朱自清眼里，它俨然是重压之下民族苦难的缩影。这苦难亦不局限于小贩们的饥饿、劳累、吃力、勉强，涉及作为旁观者的自己，试问，我们谁又不是身处残酷不自知，在困境里疯狂喘息的渺小个体？在赤裸裸的生存欲望面前，“我”的思索与动摇显得那么不堪一击。在这窄小的空间，每个为了生存的个体互相挤压、倾轧，以至习以为常，很难不让朱自清联想到在家庭旋涡里纠结不已的自身。

写这首诗的时候，朱自清已然很熟练地运用通俗的口语，以小贩们日常对话与叫卖声开篇，琐杂而鲜活；又辅以灵活变化的诗行、精心点缀的音韵，牵引自然的情绪节奏。不得不说，朱自清作诗，与他作流畅通达的散文颇有几分相似，朱自清也一直努力地开拓新诗中与散文表述相近的语言，以求新诗能承载更宽广的经验世界。

另一方面，朱自清性情中平和、庄重、温厚的一面，又总在不经意间克制他的燥热与冲动，像他和父亲之间的纷争，即便他自立门户，也不会轻易一刀两断。性格两面的矛盾，使他许多次向边缘前行的思考都无疾而终，也使他感受到生活在时代夹缝中被无限放大的痛苦。物质困境与精神困境疯狂挤压20世纪初的中国青年，寻觅不到一种彻底的圆满，朱自清只能退而求其次，寄托生活中积极的瞬间，追求“积极刹那主义”。

1922年6月，朱自清泛舟杭州，山光水色，喧嚣人世，二者的鲜明对照加深了他心中的愁绪，遂想作诗一吐为快。哪知这首诗不好写，暑假一过，朱自清又陷入工作与家庭看似没有尽头的忙碌，直到1922年12月才写出。彼时新诗坛风靡的是小诗。这类小诗善于捕捉印象，不求经验之重，无谓思想之深，多为两三行，空灵婉转，清新娟丽。自1922年1月，冰心于《晨报副刊》上陆续发表小诗《繁星》164首，小诗便如郭沫若的宏大抒情一般，很快就成了新诗创作的潮流。对此，朱自清并不像周作人等新文坛前辈充满乐观。他忧虑小诗的盛行，会影响新诗流于短小与瞬间，故在写这首酝酿了半年多的大作时，他特意选择了长诗。新诗已不再是沈尹默只能写四行《月夜》的时候了，现代白话在叙述上的长处，应该在长诗上得到更充分的锻炼。

踯躅在半路里，
垂头丧气的，
是我，是我！
五光吧，
十色吧，
罗列在咫尺之间：
这好看的呀！
那好听的呀！
闻着的是浓浓的香，

尝着的是腻腻的味；
况手所触的，
身所依的，
都是滑泽的，
都是松软的！
靡靡然！
怎奈何这靡靡然？——
被推着，
被挽着，
长只在俯俯仰仰间，
何曾做得一分半分儿主？
在了梦里，
在了病里；
只差清醒白醒的时候！
白云中有我，
天风的飘飘，
深渊里有我，
伏流的滔滔；
只在青青的，青青的土泥上，
不曾印着浅浅的，隐隐约约的，我的足迹！
我流离转徙，
我流离转徙；
脚尖儿踏呀，
却踏不上自己的国土！
在风尘里老了，

在风尘里衰了，
仅存的一个懒恹恹的身子，
几堆黑簇簇的影子！
幻灭的开场，
我尽思尽想：
“亲亲的，虽渺渺的，
我的故乡——我的故乡！
回去！回去！”
虽有茫茫的淡月，
笼着静悄悄的湖面，
雾露蒙蒙的，
雾露蒙蒙的；
仿仿佛佛的群山，
正安排着睡了。
萤火虫在雾里找不着路，
只一闪一闪地乱飞。
谁却放荷花灯哩？
“哈哈哈哈——”
“吓吓吓——”
夹着一缕低低的箫声，
近处的青蛙也便响起来了。
是被摇荡着，
是被牵惹着，
说已睡在“月姊姊的臂膊”里了；
真的，谁能不飘飘然而去呢？

但月儿其实是寂寂的，
萤火虫也不曾和我亲近，
欢笑更显然是他们的了。
只有箫声，
曾引起几番的惆怅；
但也是全不相干的，
箫声只是箫声罢了。
摇荡是你的，
牵惹是你的，
他们各走各的道儿，
谁理睬你来？
横竖做不成朋友，
缠缠绵绵有些什么！
孤另另的，
冷清清的，
没味儿，没味儿！
还是掉转头，
走你自家的路。
回去！回去！
虽有雪样的衣裙，
现已翩翩地散了，
仿佛清明日子烧剩的白的纸钱灰。
那活活像小河般流着的双眼，
含蓄过多少意思，蕴藏多过少话句的，
也干涸了，

干到像烈日下的沙漠。
漆黑的发，
成了蓬蓬的秋草；
吹弹得破的面孔，
也只剩一张褐色的蜡型。
况花一般的笑是不见一痕儿，
珠子一般的歌喉是不透一丝儿！
眼前是光光的了，
总只有光光的了。
撇开吧。
还撇些什么！
回去！回去！
虽有如云的朋友，
互相夸耀着，
互相安慰着，
高谈大笑里
送了多少的时日；
而饮啖的豪迈，
游踪的密切，
岂不像繁茂的花枝，
赤热的火焰哩！
这样被说在许多口里，
被知在许多心里的，
谁还能相忘呢？
但一丢开手，

事情便不同了：
翻来是云，
覆去是雨，
别过脸，
掉转身，
认不得当年的你！——
原只是一时遣着兴罢了，
谁当真将你放在心头呢？
于是剩了些淡淡的名字——
莽莽苍苍里，
便留下你独个，
四周都是空气罢了，
四周都是空气罢了！
还是摸索着回去吧；
那里倒许有自己的弟兄姊妹
切切地盼望着你。
回去！回去！
虽有巧妙的玄言，
像天花的纷坠；
在我双眼的前头，
展示渺渺如轻纱的憧憬——
引着我飘呀，飘呀，
直到三十三天之上。
我拥在五色云里，
灰色的世间在我的脚下——

小了，更小了，
远了，几乎想也想不到了。
但是下界的罡风
总归呼呼地倒旋着，
吹入我丝丝的肌里！
摇摇荡荡的我
倘是跌下去呵，
将像泄着气的轻气球，
被人践踏着顽儿，
只馀嗤嗤的声响！
况倒卷的罡风，
也将像三尖两刃刀，
劈分我的肌里呢？——
我将被肢解在五色云里；
甚至化一阵烟，
袅袅地散了。
我战栗着，
“念天地之悠悠”……
回去！回去！
虽有饿着的肚子，
拘挛着的手，
乱蓬蓬秋草般长着的头发，
凹进的双眼，
和软软的脚，
尤其灵弱的心，

都引着我下去，
直向底里去，
教我抽烟，
教我喝酒，
教我看女人。
但我在迷迷恋恋里，
虽然混过了多少时刻，
只是不让步的是我的现在，
他不容你不理他！
况我也终于不能支持那迷恋人的，
只觉肢体的衰颓，
心神飘忽，
便在迷恋的中间，
也潜滋暗长着哩！
真不成人样的我
就这般轻轻地速朽了么？
不！不！
趁你未成残废的时候，
还可用你仅有的力量！
回去！回去！
虽有死仿佛像白衣的小姑娘，
提着灯笼在前面等我，
又仿佛像黑衣的力士，
擎着铁锤在后面逼我——
在我烦忧着就将降临的败家的凶惨，

和一年来骨肉间的仇视，
（互以血眼相看着）的时候，
在我为两肩上的人生的担子，
压到不能喘气，
又眼见我的收获
渺渺如远处的云烟的时候；
在我对着黑绒绒又白漠漠的将来，
不知取怎样的道路，
却尽徘徊于迷悟之纠纷的时候：
那时候她和他便隐隐显现了，
像有些什么，
又像没有——
凭这样的不可捉摸的神气，
真尽够教我向往了。
去，去，
去到她的，他的怀里吧。
好了，她望我招手了，
他也望我点头了。……
但是，但是，
她和他正都是生客，
教我有些放心不下；
他们的手飘浮在空气里，
也太渺茫了，
太难把握了，
教我怎好和他们相接呢？

况死之国又是异乡，
知道它什么土宜哟！
只有在生之原上，
我是熟悉的；
我的故乡在记忆里的，
虽然有些模糊了，
但它的轮廓我还是透熟的，——
哎呀！故乡它不正张着两臂迎我吗？
瓜果是熟的有味；
地方和朋友也是熟的有味；
小姑娘呀，
黑衣的力士呀，
我宁愿回我的故乡，
我宁愿回我的故乡；
回去！回去！
归来的我挣扎挣扎，
拔烟尘而见自己的国土！
什么影像都泯没了，
什么光芒都收敛了；
摆脱掉纠缠，
还原了一个平平常常的我！
从此我不再仰眼看青天，
不再低头看白水，
只谨慎着我双双的脚步；
我要一步步踏在泥土上，

打上深深的脚印！
虽然这些印迹是极微细的，
且必将磨灭的，
虽然这迟迟的行步
不称那迢迢无尽的程途，
但现在
既平常而又渺小的我，
只看到一个个分明的脚步，
便有十分的欣悦——
那些远远远远的
是再不能，也不想理会了。
别耽搁吧，
走！走！走！

——朱自清《毁灭》

这首两千多字的长诗，花费了朱自清半年多的时间，说出他二十多年人生里最沉痛的难堪——国家衰弱，家庭不和，物质匮乏，工作漂泊，在迅速变动的20世纪，每一个个体既无能为力，又心怀恐惧，好像一个不留神，随时会被时代浪潮拍在沙滩上，躯壳不再。朱自清也是如此，他努力寻找生命中每一个明亮的瞬间，渴望将这个瞬间升华成积极人生的意义，但一次次现实的压力与内心的纠缠，使他不得不退回个人复杂的精神天地，向“毁灭”越走越近。

然而，性情中平和自然的一面，再度为他冲淡了视野中矛盾的激烈。诗中语言平实绵密。朱自清采用了自我中心的话语，但回避了激越高昂的自我抒情，取材于城市生活的繁杂经历，层层递进，毫不掩饰激进的年代里个体在急速的变幻中的迷惘与空虚，体现当时青年在“怀念故乡”与“必须前进”之间挣扎的复杂心态。最后“我”选择褪去光彩，回归“平常而渺小”，却获得继续行走的安宁与勇气，这一安排也体现了朱自清在妥协和不平之中暂居的一种平衡——他能想象无限，如诗中用许多意象、比喻、象征来勾画抽象的情绪，但他能做的很有限。这个充满无数可能性的20世纪，浓缩至每一个平常的个体，或许就像《毁灭》中的“我”，思考良久，纠结多时，最终仍是选择杀掉最初的自己。当然，诗中的“我”选择继续前行，着眼积极，但除了往前走，人似乎也没有第二条路。

好友俞平伯曾这么评价《毁灭》：“《毁灭》便是生长。《毁灭》正是一首充满了积极意味的诗；它风格的婉转缠绵，意境底沉郁深厚，音调的柔美凄怆，只有屈子底《离骚》差可仿佛。”没有徐玉诺吟咏的“血与泪”那么触目惊心，没有郑振铎、沈雁冰着眼社会的广阔洞察力，没有叶圣陶写作时能控制到零度的细节，朱自清有的，是行文时常用的形象比拟、朴素真挚的情感、细致而形象的临摹，困扰着他的，也是我们最平凡、最普通人家里的市井烟火。

1920年到1923年，是朱自清新诗创作最兴盛的时期。1922年1月，朱自清与好友叶圣陶、刘延陵共同创办了《诗》月刊。这是中国新诗史上第一份独立的新诗刊物。

6月，朱自清、周作人、俞平伯、叶绍钧、郑振铎、郭绍虞、徐玉诺、刘延陵8人的诗集《雪朝》出版，收朱自清诗19首。1924年，朱自清出版了第一本个人诗与散文集《踪迹》。

除了写诗，朱自清也渐渐往新诗评论和散文创作上转移精力。比起终归需要想象与暗示的诗，朱自清在自由自然、朴素晓畅的白话散文上找到了构筑语言之美的途径。不过，他的目光没有离开过新诗的每一步蹒跚。他鼓励更年轻的新诗人加入新诗创作的行列，支持从晨光文学社衍生出的湖畔诗人，为他们倾吐的爱与美辩护。他亦坚持将新诗与国文教育紧密结合，在教学中不断更新对新诗的认知和见解。

到了20世纪30年代，朱自清转向了对新诗系统的理论研究与相关著述。1935年，朱自清参与《新文学大系》的编纂，负责新诗部分。他依照自己的亲身经历与所见所闻，精准地勾勒了新诗从发生到发展的过程。后世诸如自由诗派、象征诗派、格律诗派的划分，以及对早期新诗人的新诗创作评价，都受到了朱自清所写的《新文学大系·诗集》导言的影响。

全面抗战爆发后，朱自清随清华大学南下，于1938年3月抵达昆明，随后出任西南联大的中国文学系主任。战乱与流亡改变了朱自清的一些新诗观，在他冲和端正的审美观念中注入了民族化的色彩。民族兴亡面前，朱自清可以收起所有的温和与顾虑。1945年，他将数年来发表的诗论组合成集，出版《诗言志辨》与《新诗杂谈》两部诗论。此时，他已陪伴新诗，走过了近三十个年头。

生活中的朱自清，同样在这种性格矛盾中挣扎着。1925年，27岁的朱自清来到清华大学任教。事业获得安定后，他有更多时间重新思考与父亲之间的分裂。他有些后悔当初的急躁，又尴尬如今父子相见不言的处境。父亲的信件偶有寄到，从来只问孙子，不问儿子。直到一封家书上写着："我身体平安，唯膀子疼痛厉害，举箸提笔，诸多不便，大约大去之期不远矣。"

那个不知何时消磨于琐碎家事，肥胖的、带着些许亲切的背影，那个给自己夹豆腐吃的慈父，在朱自清阅读家书的泪光中渐渐复活，重新散发出亲切迷人的气息。他忍住泪意，千言万语化在笔头，写就《背影》，咀嚼岁月的伤害，追悔青春的冲动。1928年，他将散文集寄给父亲，朱鸿钧黯然浑浊的双眸在看到儿子文章的那一瞬，绽出前半生春风得意的光彩。

亲情之于朱自清，更多的是遗憾；爱情之于朱自清，更多的是他的亏欠。

朱自清与结发妻子武钟谦的婚姻，虽无山盟海誓，倒也水到渠成。他们年少相识，互有好感。武钟谦活泼开朗，尤其爱笑。新婚小夫妻闹口角，朱自清趁暑假回家兴师问罪，一进门瞅见妻子灿烂纯粹的笑容，立马缴械投降。

作为妻子，武钟谦是完美的，她凡事都以丈夫为先。朱自清去北京继续学业，她典当金镯子凑学费；张罗一家老小逃难，不忘把朱自清两大箱子的藏书拉上。她为朱自清生育了六个子女，平日操持家务、带孩子、烧饭、洗衣、纳鞋底……致力为在外奔波的丈夫打理好内务，即便随朱自清来到清华，也是如此。在她的繁忙劳作下，朱自清迎来人生一段较为温馨安宁的幸福时光，他传世的经典散文《匆匆》《背影》《荷塘月色》皆作于该时。

写时光逝去哀伤的诗意，写月色醉人朦胧的静谧，朱自清下笔如秋水。可生活中，不到30岁的他负担一家8口人繁重的生计，还要兼顾创作，很难做到行文时的平心静气。在武钟谦面前，他性格的矛盾点很轻易就露了现形。每当丈夫不顺心时，武钟谦拿出母亲般宽广的胸怀，包容丈夫生活中有些急躁任性的孩子气。对自己这种无端迁怒于妻子的行为，朱自清在后来写给武钟谦的《给亡妇》一文中深感愧悔，叹道："你将我的责任一股脑儿担负了去，压死了你；我如何对得起你！"

频繁的生育与逐年的奔波劳碌拖垮了武钟谦的身体。她顾虑着朱自清"怕听人生病"的怪脾气，一直隐瞒病情。1928年11月26日，武钟谦因肺病于扬州老家去世，年仅31岁。仅有的安稳小天地轰然崩塌，孩子们嗷嗷待哺，幼子因病夭折，朱自清第一次领略到痛不欲生的滋味。

1932年8月，带着为五个孩子寻一个母亲的念头，朱自清与陈竹隐结婚。

陈竹隐与武钟谦性情迥然不同。作为接受过高等教育的新式女性，她热爱文艺与交际，不甘困囿在家。虽因崇拜朱自清的才华与其成婚，可她无法接受五个孩子的继母+全职主妇的日子。不同于武钟谦的一味退让，陈竹隐从不掩饰喜恶。关坤英的《朱自清评传》中提到，一日陈竹隐邀请闺蜜来家中做客，朱自清仿佛没看见似的从客人面前走过。陈竹隐见状，所有积攒的怨气化作泪水倾盆而下，把一向不在乎家务和为人处事的朱自清吓一大跳。

经过一场推心置腹的恳谈，朱自清终发觉一个家庭背后女人所要承担的不易。他深深懊悔生活中的任性与暴躁，渐渐收起了急脾气，与陈竹隐夫妻恩爱，携手终老。至于武钟谦，他只能深深在心底怀念，并感慨自己对她的亏欠。

朱自清坦承在家庭关系中自己有自私任性的一面："我是个彻头彻尾自私的人，做丈夫已是勉强，做父亲更是不成。"

再说友情。朱自清更是那个燃烧的时代中沾了火的流水，真挚而赤忱，耿介且质清。对待朋友，他婉转中不失忠直，温和下更有坚守。朱自清与俞平伯是相交一生的挚友。1923年，朱自清邀俞平伯共游秦淮河。秦淮河月色如水，灯影交错，两岸烟火闪烁六朝金华，看得25岁的朱自清与23岁的俞平伯如痴如醉，若陷若离。这个夜晚被二人写成《桨声灯影里的秦淮河》。朱文盛满惆怅的情思，描摹细腻；俞文流过深沉的思索，用语婉约。二文相映成趣，成了文坛佳话。

全面抗战爆发后，朱自清随清华大学远赴云南昆明，在重组的西南联大任教；而俞平伯顾虑到战时复杂的局势，保守留居北平。远在昆明的朱自清很牵挂身在沦陷区的俞平伯，经常写信问候老友近况。他曾赋诗一首寄给俞平伯——

延誉凭君列上庠，古槐书屋久彷徉。
斜阳远巷人踪少，夜雨昏灯意絮长。
西郊移居邻有德，南园共食水相忘。
平生爱我君为最，不上津梁百一方。

但这不代表朱自清对朋友无条件地迁就。他骨子里的倔强与刚硬，在关键时刻从不输给时代里的任何人。当朱自清得知俞平伯仍与已被伪政权器重的周作人保持来往，甚至在周作人主办的杂志上发表文章时，他一反往日的温和常态，信件如雪花般纷飞，连声质问，语气焦灼。面对朱自清的质问，俞平伯觉得发表些文艺小品无伤大雅，不置可否。朱自清心急如焚，他在信上陈述全国抗战的种种艰辛，痛斥俞平伯作为文人于原则性问题上的糊涂。

论文学，他可以不以时局风气谈英雄，但涉及民族原则性问题，他从来手起刀落，立场鲜明，不容丝毫动摇。“来日大难常语耳，今宵百诵梦魂惊！”读完朱自清的来函，俞平伯十分震惊。爱之深，责之切，他知道，朱自清对自己在乎的东西是格外认真的。朱自清去世之后，俞平伯仍保留着这份来信，反复翻阅，泪流满面。

平日在流传于世的美文里，我们看到的朱自清是舒缓平和的。郁达夫说：“朱自清的散文，能够贮满一种诗意。”沈从文称他的文章“最有文学的意味”，叶圣陶则道读朱自清的散文犹如听他聊天南地北，随兴之间情趣四溢，表达得恰如其分，醇正深厚，动人心弦。仿佛海绵吸走时空特定的风气，他的散文留下的是闪烁古今的美的力量。

然而他的诗，留下来的，似乎没有散文那么多美的表面。诗中的朱自清，并非波澜不惊，也从未心如止水，焦灼的痛苦与沉静的追求同在，燥热的情绪与温和的文字共存。他有那个年代先驱者们追求的真知与梦想，也有凡人的性格弱点。躁动与平实撕扯着他的灵魂，因为愤慨，因为不幸，他勇于投身五四运动的洪流，奔走于新文学的第一线，响应彼时新诗坛的追求创作了大量新诗；因为平稳，因为周正，因为从小到大心中种植的审美体系，他纠结新诗的发展方向，困惑新诗中尖锐问题的处理，徘徊于新诗的热烈与清寂之间，所有的纠缠化作诗中个体血肉的真实细节，用细密而又平缓的口吻徐徐道来，说时世，叹自我，不多不少，达成微妙的“刚刚好”。

或许，新诗对于朱自清而言，从来都不是什么遥不可及的憧憬，也不是落魄时的爱人，更不是寻梦者眼中的光辉。他把新诗，更多地当作生活里一个寻常的友人，说两句闲话，道一声心事，不会太沉溺，也不会轻易厌弃。他最终与新诗相伴走完了一生，从诗人到老师再到评论家，身份在变，陪伴不会变。在新诗这个舞台上，由他担纲主演的时间似乎太短暂，大部分时间，他都选择坐在台下，做一位忠实而清醒的观众。但这不要紧，因为我们明白，为了这支舞，他竭尽了全力。我们怀念他，也并非因为他在想象中的完美——恰恰相反，我们都爱他道出心声的真诚与毫不掩饰的真实。愿他笔下的真情仍能带给这个飞速的时代一丝舒缓的触动，愿他焦虑的痛苦亦不被怀念他的人遗忘。

在他乡

——李金发与《微雨》

在小说、散文、诗歌、戏剧等五花八门的文体里，诗是与作者牵连最微妙的一种。写诗的人入性情，读诗的人懂诗心。诗是写诗人不忘的灵魂憧憬，更是读诗人苦苦寻觅的精神秘密。它既是桥梁，勾连不同时空、不同岁月里的不同悲欢；又是港湾，停泊红尘中各色男女的聚散流离，摄住人性瞬间的纷杂，留给创造它的人慢慢私藏。

诗是带人性的。我们习惯将诗与诗人视作一个不可分离的整体。痛苦也肆情潇洒的李白，他的梦境定是天姥山那般奇绚幻真；深沉且心系天下的杜甫，自然默默承担记录盛唐爱恨的使命；风流天下闻的孟浩然，夜闻落花，日嗅荷香自是寻常；写出“明月松间照，清泉石上流”的王维，即使亲眼看见王朝盛衰，壮志几度难酬，亦不会泯灭了对辋川田园的钟情。更不必说在桃树下大笑政敌的刘禹锡，听琵琶曲感问人生起落的白居易，扬州桥上为玉笛驻足的杜牧，艳曲美辞中叹惋时世的温庭筠，人生成败正如诗境幽微朦胧的李商隐……中国数千年的诗歌史，不单单是语言与文字、意象与意境、经验与审美构筑的汪洋江河，它更是人的历史，是鲜活的爱恨，执着的性情，阴暗的脆弱，渺微的梦想。

因此，许多诗人都有跟诗相关的别号，“诗仙”“诗圣”“诗佛”“诗豪”“诗鬼”……然而有趣的是，为了突破现代中国的言说障碍，诉说自我渴求而诞生的中国新诗，它的先驱者们却没有诸如诗仙、诗鬼的封衔。早期新诗人胡适、郭沫若、周作人、沈尹默、刘半农、康白情、俞平伯，日后的文学研究会诗人、湖畔诗人，他们和他们的诗，经常被当作一个集合体的两个侧面看待。当然，这些新诗人的诗，与他们的性情与生活固有千丝万缕的联系，但较之于个人与诗的交融，新诗人们似乎更渴望将个人抬升到一个群体、一片疆域、一个民族，甚至是人类共通的经验集合。那些鲜明的个人印记，在剧烈变动的社会现实、东西交会的文艺思潮、现代汉语的飞速成熟、新诗全新诗美的实验和探寻里，很容易被吸纳至更庞大的熔炉。即使自我表现极致如郭沫若，终归探求的是新诗本身的昂然挺立。

不过，还是有一位新诗人在与众不同的比拼里脱颖而出，获得了难得的封号——诗怪。他的诗冷僻奇崛、艰深晦涩，尤其是文白间杂的言辞，一度令不少读者越读越头疼，完全就是他自己的爱物；而诗中忧郁又诡谲的氛围，伤感而幻灭的情思，尤其是他诗中凝聚生死、时空、青春、挫折等诸多复杂命题的凄冷意象，诉说无根的荒凉、沉醉的颓废、漂泊的哀痛、凄艳的冷冽，彻底击破了古典诗歌美学体系中的庄雅端正、含蓄平和、绮丽深幽。

他叫李金发，是一位在欧亚大陆另一端辗转的游子，一颗在美术和雕塑界冉冉升起的新星，被孤独、寂寞、屈辱、绝望纠缠的敏感青年。时人称他为“诗怪”，纪念他和法国象征主义相遇后孕育的奇特诗艺，而他终不负这个名号。回溯他的一生，尽管他为中国新诗牵引了全新的诗歌资源，可他自始至终却是个奇怪的陌路人。他生在岭南客家，后至香港习学英文，与白话文运动失之交臂，故不大习惯用现代白话作诗；他年少赴欧，错过了五四时期飞速生长的新诗语境，却使得古典、现代、西方三者在他身上可以尽情撕扯狂欢，裂出一道奇异风景；他发现了西方象征与东方美学奇妙的渊源，深陷其中但又力不从心；他离弃爱人又被爱人所弃，携手挚友而又反目各奔东西，努力从政又颠沛流离，千山万水一生更迭，终老于异国。他的一生，宛若走进一场晦涩的雨，没有止境。

他是什么时候走进这场大雨的呢？

他原应与文学、与新诗没有太多缘分。1900年，李金发出生于广东梅县的一个华侨家庭。他的父亲李焕章年轻时闯荡毛里求斯，为家族置办了一些家业。李焕章有五子八女，李金发是第四子。父亲对他和对其他的孩子没什么不同，笔墨算盘，规矩和训诫，严厉的家风，没有欢笑也没有慰藉。而母亲朱氏，亦因儿女太多，家务烦琐，疏忽了李金发对情感本能的渴求，使得自幼体弱多病的他，有一双敏感忧郁的眼睛。

1917年，李金发高中毕业却错失文凭，无法继续升学。被无路可走的恐惧纠缠了近一年，他方和同学结伴赴港。他不是一个行动能力强的人，在香港学习了一段时日，因沉浸思乡，第一次18岁出门远行便戛然而止。1919年夏，李金发再度启程，背负着“男儿志在四方”的严训，从梅州赶往上海，卷入留法勤工俭学的热潮，踏上乱世的殊途。

在李金发生命的前二十年，新文学几乎与他没有交集。他长在客家，从小使用与社会白话不同的语言，后在香港求学，精通英文，推广白话文的潮流没有波及他分毫。1919年五四运动高潮时，他考取了留法预备学校，秋天坐上了前往法国的客轮，远离了狂飙突进的中心地带。1920年初，李金发与林风眠、李立三、徐特立、王若飞等热血学子，历经两个来月的漂泊，抵达法国。此时他的梦想，只是当一名化学家或飞机设计师，为衰弱苦难的祖国复兴寄托一份希望。

李金发青春里最初的文学记忆，是彼时风靡的鸳鸯蝴蝶派小说《玉梨魂》，以及古典戏曲的瑰宝《牡丹亭》。他痴迷这些缠绵悱恻的男欢女爱，从《玉梨魂》的凄清与《牡丹亭》的哀美中汲取到心动的养分。曲折而炙热的欲望，交错周转的红尘，于少年心头不经意间刻下隐幽细微的波痕，直击他纤细敏锐的感官。或许有这样婉转的启蒙，1921年春，结束了外语学习的李金发，与同乡林风眠来到第戎国立美术专科学校求学。林风眠志向不改，学习素描，但李金发悄然有了新的念头。他在卢森堡美术院见到了一尊大理石雕像，刻的是一位年轻美丽的女子，身形丰盈、健硕、饱满，五官精致而端肃，仿佛囊括生命所有美丽的秘密。多年之后，李金发自述“其时幼稚无瑕的天真心灵，不知受了怎样的一种美丽的感动”，他终于转向艺术的殿堂。

勤工俭学的留法岁月充斥着艰难与困苦，李金发初到法国，于枫丹白露学习外语时便半工半读，过着冬天没有棉衣，全靠跑步驱寒的日子。从枫丹白露转到第戎，并未给李金发带来理想中学习雕塑与艺术的美好环境。1921年秋，李金发和林风眠经美专校长推荐，拿到了前往巴黎美术学院学习的名额。巴黎美术学院是艺术生心驰神往的学府，巴黎亦是现代艺术的汇聚地。然而，这荡漾着璀璨星光的艺术乐园，却不属于李金发这样的异国学子。在巴黎，他和林风眠蜷缩在塞纳河畔的廉价旅馆，一面节衣缩食继续清贫的日常，一面默默忍受来自巴黎和整个欧洲对中国人的歧视。

这段日子对于李金发而言，无疑是苦痛掺杂着颓废的噩梦。他亲眼看见林风眠的身体被法国学生涂满油彩，注视那些出身贫寒的模特女郎被富人子弟调笑取乐，甚至那些衣香鬓影，纸醉金迷的化装舞会，在李金发的眼中都是人性众生相的狂欢场。歧视和迫害逼得瘦弱的他，不得不挥起拳头，用恐吓保得弱国子民最后一丝尊严。在巴黎，他无处可依，除了和林风眠等好友相互安慰，就是把孤独和屈辱当作习惯。“没有女朋友，没有中外诸色人的交际，没有物质的享受，没有人保护，没有人指导，全是自己死用功，自己摸索”，李金发曾用一连串“没有”精准总结自己于法国的求学时代。

纤弱敏感的神经一次次经受精神与物质的双重考验，李金发咬牙坚持着。1922年春，他的雕塑作品被选入巴黎春季的美术展览，引起了小小的轰动。正当他踌躇满志，欲实现“笨鸟先飞”之时，故乡传来了一则简短的噩耗——

他在家中的妻子，新婚燕尔时便匆匆分别的爱人朱亚凤，无法忍受缠绵病榻和思念丈夫的熬煎，服毒自杀了。

有人说，李金发是因为在巴黎爱上了一位法国女郎，经历了摧人心肺的错过，尝试用法文翻译家乡的情歌，才恰巧走进了法国现代诗歌，遇见著名象征诗人波德莱尔和他的大作《恶之花》，从而开启了和法国象征派的不解之缘；也有人说，是朱亚凤的死摧毁了李金发勉力维持的坚不可摧，他把雕塑无法给予他的释放和沉沦，统统转向了刚刚发现的波德莱尔和魏尔伦。不管哪一种说辞，李金发遇到了象征派，都是在一个失意又忧愁的时刻。

反叛的人先行象征，失意的人爱上象征。

起源于19世纪80年代的法国象征主义诗学是现代诗歌史上最重要，亦是影响最深远的诗学运动之一。出于对实证主义哲学和自然主义文学的反拨，诗人波德莱尔、魏尔伦、兰波、马拉美等人，主张运用有质感的形象，通过象征、暗示、烘托、对比、联想，深入人复杂的内心世界，描摹现代生活对人性、爱情、梦幻、死亡、丑恶等带来的撕裂，构筑“象征的森林”来剖析灵魂的秘密。1886年，这充满叛逆气息的全新思潮被命名为象征主义（symbolism）。在他们手里，象征不单单是一种写诗的手法，而升华成一种认知世界的途径乃至于世界的本质。波德莱尔诡谲阴冷、以丑为美的意象群，魏尔伦朦胧又清远的音乐性追求，兰波超越现实与个体的夸张色彩，马拉美对神秘和唯美极致的追踪，深远影响了法国诗歌乃至世界文学的走向。到了李金发身处巴黎的20世纪20年代，象征主义已走过数十个年头，从最初的感性象征，渐渐转化成以瓦雷里、里尔克、艾略特为代表的知性象征。

虽然象征主义最狂热的风潮早已在欧洲淡去，但对伤感寂寞、敏感自哀的李金发来说，它却是一泓滋润心田的甘泉。《恶之花》中丑陋、畸形、冷冽的想象和阴森、诡谲、凄凉的氛围，波德莱尔对丑恶的深度开掘，不难让李金发联想到在都市声色中没有归宿的自己；魏尔伦对诗音乐性的经营，也与李金发刻刀下对生命的想象有异曲同工之妙；象征主义的感伤、颓废、忧郁，工业文明下对往昔信仰坍塌的反思和追怀，以及深入内心捕捉精神流动的大胆和偏执，无不响应了李金发无处可诉的哀伤与愤慨。

我们散步在死草上
悲愤纠缠在膝下。

粉红之记忆，
如道旁朽兽，发出奇臭。

遍布在小城里，
扰醒了无数甜睡。

我已破之心轮，
永转动在泥污下。

不可辨之辙迹，
惟温爱之影长印著。

噫吁！数千年如一日之月色，
终久明白我的想像，
任我在世界之一角，
你必把我的影儿倒映在无味之沙石上。

——李金发《夜之歌》（节选）

此时的中国新诗，也已关注到这些现代社会才有的隐秘命题，只是人们尚沉浸在现实和浪漫的双重奏里，没有多余的闲情观照自己。而远离新文学世界，甚至不大会说现代白话的李金发，却在法国的蒙蒙细雨里，捧着波德莱尔和魏尔伦如痴如醉。他不经意间触碰到死亡、衰落、阴冷，这些古典诗歌都会避讳而实实在在存在都市的主题。它们像一丛丛藤蔓，裹住李金发看似笨拙实则细腻的诗心，使他不得不提笔，用文言和白话夹杂的、有些生硬艰涩的语言，完成奇异幽僻的象征。像这首《夜之歌》，游荡的身躯，寂寞的灵魂，如枯草、车辙、泥污、空月，衰落而凄清的意象群，物质上的定向关联，只凭情绪流动感受飘移。

李金发邂逅了象征，如同爱上了神秘的情人，他在法国体验的种种，寂寞的羞辱也好，旖旎的风姿也罢，所有难以三言两语付诸纸上的经验、情思、梦幻，一下子都找到了契合的出口。他发现“世界一切美丑善恶皆是书写的对象”，而他文白驳杂的书写，恰好与象征的晦涩朦胧相互映照。几个“之”字，嵌入隐晦的想象，生出一种生僻的怪异，十分符合他这个在他乡的异客，为他的寂寞添了更多晦涩和神秘——

细弱的灯光凄清地照编一切，
使其粉红的小臂，变成灰白。
软帽的影儿，遮住她们的脸孔，
如同月在云里消失！

朦胧的世界之影，
在不可勾留的片刻中，
远离了我们，
毫不思索。

山谷的疲乏惟有月的余光，
和长条之摇曳，
使其深睡。
草地的浅绿，照耀在杜鹃的羽上；

车轮的闹声，撕碎一切沉寂；
远市的灯光闪耀在小窗之口，
惟无力显露倦睡人的小颊，
和深沉在心之底的烦闷。

呵，无情之夜气，
卷伏了我的羽翼。
细流之鸣声，
与行云之漂泊，
长使我的金发退色么？

在不认识的远处，
月儿似钩心半角的编照，
万人欢笑，
万人悲哭，
同躲在一具儿，——模糊的黑影
辨不出是鲜血，
是流萤！

——李金发《里昂车中》

他完全沉浸在全新的艺术世界，疯狂地向波德莱尔和魏尔伦习学象征的技艺。他将从小耳濡目染的古典意象，叶、月、秋、鸟、风、寒夜、黄昏等，直接移植于现代象征的传达，融入坟墓、街道、城市病态，写悲哀也写绝望的痛苦，写声色也写颓废的游荡，写生的渺茫也写死的诡异。这样的诗，注定是新诗彼时的异类，是读者眼中的异类。不过李金发毫不在乎。他的诗是他心灵的晴雨表，他只交出自己，无关其他。

与象征结缘，是李金发旅欧生活中唯一坚实的精神依靠，尽管他无数次想把这病弱的身体和笨拙的口齿交托给爱情。

朱亚凤是李金发的第一个爱人，也是他没有多少乐趣的少年时代最温暖的回忆之一。朱亚凤是李金发母亲朱氏的同族侄女，因父亲去世，母亲改嫁，被朱氏收养，相当于李家为李金发包办的童养媳。他们两小无猜，青梅竹马，身世孤苦的朱亚凤，可能是李金发在压抑和强势的家庭里唯一能松弛情绪的对象。朱亚凤上过夜校，粗通一些文字，多少与李金发有一些共同语言。在封建礼教森严的年代，又是男女之大防极度盛行的老家，李金发可能没有太多和朱亚凤耳鬓厮磨的机会。不过，他们也有趁着清晨或傍晚，偷偷跑到小溪边约会的经历。

记取晨光未散时，
——日光含羞在山后，
我们拉手疾跳着，
践过浅草与溪流，
耳语我不可信之忠告。
和风的七月天
红叶含泪，

新秋徐步在浅渚之荇藻，
沿岸的矮林——蛮野之女客，
长留我们之足音。

——李金发《故乡》

且不计较诗末那熟悉的李金发风格的比喻（瞬间把气氛弄得惊悚），这首诗所描摹的少年少女私会图景，清新纯朴，便是李金发在法国收到家人寄来的照片，思念朱亚凤时所作。少年心事重重，眼中一切皆是凄婉。秋日，红叶，清晨，小溪，原是恬静怡人的故乡景致，在少年看来亦含着悲伤的泪珠，步步缠绵，似断未断。可想那懵懂朴实的少女，听着他“不可信之忠告”时，又会是怎样忐忑而期待的心情？

预感会比理智和现实先一步告诉人们答案。1919年春，从香港返乡的李金发奉母命与朱亚凤成婚。时间过得很快，1919年夏，新婚燕尔的李金发拜别妻子与母亲，前往上海，准备追逐赴法勤工俭学的浪潮了。朱亚凤与李金发天各一方，他们谁也不承想，新婚之别，便是二人的永诀。

我们无从知晓让朱亚凤吞下毒药的究竟是什么，是难忍病痛的折磨，还是从法国寄来的信件越来越少终让她不愿继续苦熬心灵的寂寞？又或许少年的忠告是不可轻信的，一次转身很可能就是一次永远的别离，朱亚凤比李金发更提前预知了这一点。

她的死，终结了李金发记忆里最初的温情。1922年，李金发生了一场大病，并于病中梦见了一个白衣金发的女子，像极了他在西方艺术里看到的女神。待他醒转，为纪念这位女神的梦中光临，他取“金发”二字为他的笔名，开始了诗人李金发的新生。

也是1922年，李金发写下了他最著名的一首诗：《弃妇》——

长发披遍我两眼之前，
遂隔断了一切羞恶之疾视，
与鲜血之急流，枯骨之沉睡。
黑夜与蚊虫联步徐来，
越此短墙之角，
狂呼在我清白之耳后，
如荒野狂风怒号：
战栗了无数游牧。

靠一根草儿，与上帝之灵往返在空谷里。
我的哀戚唯游蜂之脑能深印着；
或与山泉长泻在悬崖，
然后随红叶而俱去。

弃妇之隐忧堆积在动作上，
夕阳之火不能把时间之烦闷
化成灰烬，从烟突里飞去，
长染在游鸦之羽，

将同栖止于海啸之石上，
静听舟子之歌。

衰老的裙裾发出哀吟，
徜徉在丘墓之侧，
永无热泪，
点滴在草地
为世界之装饰。

“弃妇”是古典诗歌屡见不鲜的人物意象，最早可以追溯到《诗经》中的《氓》。至汉魏，“弃妇”已脱离了女子本体，作为文人抒发壮志未酬、天涯羁旅的寄托体，有了整体的象征意味。而在李金发的这首《弃妇》里，“弃妇”并不是作为一类渊源的整体象征，而是属于李金发个人心绪的创造。晦暗、忧伤、艰涩，诗中的情境和景物没有意义的关联，逻辑错乱，变幻纷杂，是李金发神往已久的“意义的迷宫”。

诗的第一段以弃妇的本人视角，写她长发覆面、孤独行旅的情状与置身的绝境，以丑陋写悲哀；第二段继续将弃妇作为抒情主体，草儿、山泉、红叶等意象写出生命的脆弱与渺小，渲染弃妇处境的荒茫；第三段李金发改用旁观者的角度，描摹弃妇的动作，她忧愁深重，周边的一切，如夕阳之火、游鸦之羽，愈扑朔迷离，愈怆然绝望，她的时光无法流转，静止于虚空的瞬间里；最后一段，弃妇恍若已然衰老，生命枯萎，连装点世界的泪水都随绝望而干涸。

鉴于诗的写作时间与李金发的个人情史，我们虽不能断定这首诗与朱亚凤有必然的联系，但可以推测，李金发处于极其苦闷的精神状态，才写下这样一首盛满凄然和绝境的诗。朱亚凤之于李金发，与诗中的“弃妇”命运何其相似。因丈夫的匆匆离别，生命堆积太多痛苦，榨干了她灵魂的养分，使她深陷思念，不可自拔，生命走向无法避免的衰亡，而这悲剧的起始，便在于她的被“抛弃”。

这不是源自男女情欲的单纯的始乱终弃。“弃妇”，犹如诗中使用的“一根草”“上帝”等隐喻，等同于被上帝抛弃的信徒。她被他弃，灵魂失去了安稳，归宿变成了旅途，存在沦为无止境的漂泊或驻留，难以抵达意义的彼岸。李金发将中国传统夫妇的关系上升到上帝与信徒的关系，在信仰与幻灭之间，用象征的认知重构了古典语境中人与人的羁绊。朱亚凤的人生终结于与李金发断绝关联的一刻，李金发的过往也幻灭于她离去的瞬间，在变动猛烈的20世纪，一切坚固的象征都变得脆弱无比。亲人如是，夫妻亦然。

这无所依傍的孤单，一面是李金发困惑的生命之谜，一面又是刺激他绽放诗情的源泉。他失去了爱情，意识到羁绊的易碎，又在驻足和交错之间行走，吮吸青春多情与敏感带来的醉酿，幻想更多奇崛的意象，来摹画这凄然的悲哀。1923年2月，他将旅法数年（1920—1922）创作的诗篇，连同译诗编成诗集，取名《微雨》。“微雨”正是他对自己诗中诡异特质的概括，如雨缥缈，如雨纷落，如雨无归。他已走入这场人生的细雨了，没有回头。

1923年春，李金发结束了巴黎美术学院的学业。因巴黎生活成本太高，他与林风眠等好友来到德国柏林游学，投入雕塑与诗歌创作。在林风眠的牵线下，他认识了19岁的柏林少女屐妲（格塔）。

屐妲长于水彩素描，与李金发相聊甚欢。她丰润的面庞，明亮的眼睛，精致而立体的五官，无不令李金发印象深刻。压抑多时的情花在柏林初绽，李金发一面感慨德国经济萧条下民生的多艰，一面沉溺屐妲盛开的光彩，思索起甜蜜的幻想。爱情，梦幻，人命运的所指，还有死亡，成为他诗作中一以贯之的主题。在柏林，李金发写了大约有100首诗，自编成诗集《食客与凶年》。与《微雨》略有不同的是，《食客与凶年》开始出现希望的咏叹，这大概是因为屐妲的出现，让已意识到命运漂泊的李金发，不可救药地爱上了爱情。

厨下的女人钟情你了：
轻轻地移她白色的头巾，
黑的木杓在手里，
但总有眼波的流丽。

如你渴了，
她有清晨的牛奶，柠檬水，香槟酒，
你烦闷了，
她唱 灵魂不死，

和“Rienquenousdeux”（谓仅仅我们两人也）。

她生长在祖母的村庄里，
认识一切爬出的大叶草，
蝶蛹和蟋蟀的分别，
葵花与洋菊的比较。

她不羡你少年得志，
似说要“精神结合”，
若她给你一个幽会，
是你努力的成功。

——李金发《钟情你了》

这是李金发1922年时写下的一首情诗，在他清一色怪异晦涩的诗作里，宛若午睡时阳光高照的梦境，流淌着刺日的金色，倾诉热情、活泼、充满生机的美丽。读这首诗时，我们更容易相信，写出《弃妇》的李金发只有22岁。

这首诗堪称李金发对田园牧歌般纯真爱恋的期许。诗的第一段写女郎流丽的眼波，与她勤劳时白色的头巾、黑色的木杓一齐构成象征，寓意活力、希望与美丽；女郎温柔体贴，盛满异国的新鲜事物，抚慰爱人干渴郁闷的灵魂，像不久之后出现在他世界中的屐妲，在雨中抱紧了他的身体；第三段为这位美丽勤劳的女郎塑造了一段自然纯朴的过去，她生长于天然，热爱自然，是生命原始美的象征，可见李金发期待的爱，是可以将他拉出病态忧郁的幸福；随后李金发道出自己对爱情最诚挚的期许，那便是——“若她给你一个幽会，是你努力的成功”。不慕名利，不介声色，简简单单，直抵安宁。

毫无疑问，这首诗所憧憬的，不到一年，李金发便从屐妲那里全都得到了。“仅仅我们两人也”的日子来得急促却真切，李金发的第三部诗集《为幸福而歌》记载了他因爱情豁然开朗的人生体验。巴黎晦暗的雨似乎停歇了，那淋湿他心扉、寒凉他身心的水珠被屐妲的青春活力擦拭干净。1923年底，李金发偕屐妲返回巴黎。1924年初，他与屐妲在巴黎南部的小镇结为夫妻。

记取我们简单的故事：
秋水长天，
人儿卧着，
草儿碍了簪儿
蚂蚁缘到臂上，
张惶了，
听！指儿一弹，
顿销失此小生命，
在宇宙里。

记取我们简单的故事：
月亮照满村庄，
——星儿哪敢出来望望，——
另一块更射上我们的面。

谈着笑着，
犬儿吠了，
汽车发生神秘的闹声，
坟田的木架交叉
如魔鬼张着手。

记取我们简单的故事：
你臂儿偶露着，
我说这是雕塑的珍品，
你羞赧着遮住了
给我一个斜视，
我答你一个抱歉的微笑，
空间静寂了好久。
若不是我们两个，
故事必不如此简单。

——李金发《记取我们简单的故事》

这首诗收录在李金发《为幸福而歌》这部诗集中。晓畅的诗语，真挚的诗情，静谧又充盈着悸动的诗境，原先诗中诡谲晦暗的意象与暗喻淡去了踪影（纵然还留着些许痕迹，如第二段末句充满张力的想象），爱上屐妲的李金发虽然隐隐觉得一切来得有些不大真实，可他顾不了太多，只有义无反顾地选择相信。从宇宙到身边，再到你和我，李金发在莫测的关系中嗅出心灵相依的甜蜜，这甜蜜哪怕只有一瞬，也足以让人奋不顾身。

不过，幸福如斯仍没有完全使李金发迷失他的忧伤和思索，尽管他自认已走出人生最迷幻的那场微雨，站在阳光里为幸福昂然高歌了。在与屐妲尽享浓情蜜意的时候，李金发也写下了《有感》这样深邃决绝的诗篇——

如残叶溅
血在我们
脚上，

生命便是
死神唇边
的笑。

半死的月下
载饮载歌
裂喉的音
随北风飘散。
吁！
抚慰你所爱的去。

开你户牖
使其羞怯
征尘蒙其
可爱之眼了。
此是生命

之羞怯
与愤怒么？

如残叶溅
血在我们
脚上。

生命便是
死神唇边
的笑。

无论是手法还是其所探求的内涵，这首诗可谓李金发象征诗艺的集大成之作。他不再选择明朗直观的意象，或某种真切可感的情思，他开始记叙属于个人对生命的洞察与思索。溅血的残叶、残月、裂喉的哀歌、呼啸的北风，这些意象通过似有若无的关联，神奇的通感、诡谲的逻辑组合在一起，组合出逐步飘落的时空，象征衰退的生命，逼近终结生命的死亡。

这首诗的点睛之笔当属“生命便是死神唇边的笑”。在雨中行进多时的李金发没有呐喊的激情，也没有叹息的唏嘘，他逐步摸索到雨帘背后的东西——生命的本质。生命的本质是什么？在李金发的拷问中，生命的本质便是有限。人生短促，死亡乃是必然，这是无解的难题，又是渴望有解的悖论。生与死，如此抽象的主题，深奥的对立，却在李金发的符号世界中找到了有形与无形。李金发向魏尔伦等人学习多日的音乐性，也在《有感》中露出了雏形。他使用宛若阶梯式的诗行、刻意截断的意象形容（如残叶溅/血在我们/脚上），看似突兀的折断，来勾勒心中的痛苦波澜。第二段与末段的重复使全诗形成圆形的结构，既强化主题，又增加了音韵的功能。

生与死，一步之遥，恰如李金发于屐妲处收获的快乐，他和林风眠于患难时期生成的友谊，他如细雨朦胧而战栗的写作冲动，这一切的安然与满足，背后也隐匿着破碎与幻灭的危险。李金发是一个预言家，他能预言与朱亚凤的誓言不可信，也能预言自己的生命状态不可能如此完整。

即月眠江底，
还能与紫色之林微笑。
耶稣教徒之灵，
吁，太多情了。

感谢这手与足，
虽然尚少
但既觉够了。
昔日武士被着甲，
力能搏虎！
我么！害点羞。

热如皎日，

灰白如新月在云里。

我有草履，仅能走世界之一角，

生羽么，太多事了呵！

——李金发《题自写像》

1924年底，李金发收到开办上海美专的刘海粟的聘请，加之学业已结，旅途应止，遂偕屐妲回国，趁此机会游了一遍南欧。1925年初，李金发和屐妲抵达上海，结束了五年的留法岁月。同年12月，屐妲为李金发生下一子。

早在1923年，李金发便将自己的两部诗稿《微雨》与《食客与凶年》寄给北京的周作人，请求周作人指点。彼时周作人颇为20世纪20年代新诗创作的现状不满，总觉得那些直指现实或泛滥抒情的作品，少一些可供回味的意韵，译介了大量文艺专著的他很早就关注到了波德莱尔，如今看到直接受波德莱尔和魏尔伦触发的李氏诗作，大为惊讶，直呼李金发的诗作"国内未有，别开生面"，赞赏不已。李金发回国后，经周作人举荐，1925年，《微雨》作为"新潮社丛书"之一出版了，之后，《为幸福而歌》《食客与凶年》也陆续出版。

事实上，自编完《为幸福而歌》，李金发就没多少闲情逸致用来写诗。许是他已经走出了巴黎的微雨，可以尽情享受为人父的喜悦、爱妻相伴的宁馨。回国数年，他为了工作四处奔走，一面勉强维持国内尚未起步的雕塑教学，一面替各路人士制作个人雕塑，承接一些设计方案，赚得丰厚的报酬，补贴家用。谁知逐步好转的家庭条件却挽回不了在异国深感孤独的屐妲，即使她这些年来一直陪伴在李金发身边，哺育孩子，协助工作。1930年秋冬之交，屐妲携爱子明心不告而别，回到了德国。

甜美的爱情没有被巴黎的微雨浇灭，反而在琐碎的柴米油盐中褪掉鲜艳的色泽。这让李金发备感痛苦。1932年春，李金发结束了和屐妲一年多的拉锯战，办妥了离婚手续。爱情结出苦果，友情也擦肩而过。回国之后，因为工作与生计的诸多原因，李金发与留法时期的挚友林风眠渐渐疏远，最终形同陌路，不复亲密。他们把一生最潦倒的记忆放在了巴黎、柏林，欧洲，那也是他们在微雨里最肆情的时光。

1932年秋，李金发与晚清著名诗人黄遵宪的外孙女梁智因结为连理。1934年，夫妻二人定居南京。全面抗战爆发后，他们又重返广州定居，不可避免地被卷入战乱。李金发刚刚有些起色的生活再度被抛入“离散”二字。他们一家先是流亡越南，后从越南回国。全面抗战时期，李金发步入政坛，因精通英、法语，出任外交事务。1944年，梁智因陪伴李金发先赴伊朗大使馆就职，数月后转职伊拉克，从此在巴格达生活了近7年。1951年，他因拒绝前往台湾，几经周折，偕家人漂洋过海，最后来到美国新泽西州。

战乱与颠簸染白了李金发的双鬓，他没有更多的力气去考虑写诗，想的只是怎样在新的国度活下去。在新泽西，他不愿与显贵的华人团体交往，独自开了一个养鸡场，开始新的探索。当然这次耗尽他和梁智因气力的尝试没有什么成效。1960年，他带梁智因来到纽约，终为晚年的自己找到了一个安身之所。

晚年的李金发起初靠做雕塑养家糊口，但由于被诊出心脏病，他被迫放弃了这最后的营生，与妻子靠微薄的养老金度日。巴黎的微雨确实停了，随之而来的是几十年狂泻的暴风骤雨，直到1976年12月25日，心念祖国的李金发合上了双眼，病逝于美国纽约，享年76岁。如同他年轻时写的诗，生命是死神唇边的笑。那么死神选择在阖家欢笑的圣诞节带走这一生辗转的游子，许是上苍待他最后一丝宽悯吧。

时人称李金发“诗怪”，除了惊叹李金发诗作古僻艰深、象征朦胧之外，还掺杂着一丝揶揄。李金发的诗很怪，不仅写得怪，读起来感觉也很怪，就连戴望舒也对李诗的艰涩望而却步。朱自清曾评价李金发的诗：“他的诗没有寻常的章法，一部分一部分可以懂，合起来却没有意思。他要表现的不是意思而是感觉或情感；仿佛大大小小红红绿绿一串珠子，他却藏起那串儿，你得自己穿着瞧。”

拾珠子、串珠子，是李金发毫无掩饰的肆意与自由。至于读者如何将这些珠子合起来，又如何发现串联中的似真似幻，李金发并不在意。他从一开始，便只为自己一个人写诗。这最颓废消沉的借口，却正合孕育新诗发生的言说需求。因而这些他个人心情的晴雨表，即使不是出于他的本意，却实实在在将象征的微雨吹进了中国新诗，带来一些湿润而诱人的空气。20世纪20年代中期，新诗经过了草创期肆无忌惮的越界实验、命名期融入意识形态的狂飙突进，回归诗本身的探索转型，于古典诗歌资源、西方诗歌资源的接受和转化上更加流畅自如了。诗人们的诗歌构想开始突破现实冲动的镣铐，更多地贴近自身诗学想象和审美诉求。以闻一多、徐志摩为代表的新格律诗崭露头角。浸润了欧风美雨的新月诗派，深受英美浪漫主义诗歌及部分现代诗潮的影响，兼收东方的古典诗歌资源，形式上确立新诗格律，注重谨严，内容上抒发性灵，注重想象激昂高亢时不忘清灵婉转，信笔直抒时亦有工整雅丽，含有东方因子的诗美备受瞩目。

而《微雨》的问世，为新诗在新月诗派的浪漫旖旎之外，打开了另一条直通世界现代诗潮的道路。象征这一诗学本质的现代性，它与东方古典诗歌的意象、意境的“和而不同”，为这条路铺下了可供探索的砖石。在李金发之后，冯乃超、穆木天、王独清、石民、姚蓬子等人前赴后继地挖掘波德莱尔、魏尔伦、兰波、马拉美、瓦雷里这些早期、后期象征诗人的作品与思想，使西方象征诗潮成为中国新诗重要的创作资源。李金发艰涩的语言、奇僻而略显混乱的意象序列、过于生硬浅层的象征，在冯乃超的笔下增加了整体象征与色彩象征，在穆木天手里变幻出多重诗形，在王独清的创作中丰富了音节变换与情绪节奏的联系。然而，象征诗人的晦涩难明、过于执拗的象征技巧，象征与东方诗境的一些隔阂，仍在积少成多，造成了许多人阅读上的阻碍。象征诗艺如何与新诗本身、如何与东方的诗歌体系水乳交融，这个任务，李金发没空去多想，只得留待“后人”开辟天地。

微雨溅湿帘幕，
正是溅湿我的心。
不相干的风，
踱过窗儿作响，
把我的琴声，
也震得不成音了！

奏到最高音的时候，
似乎预示人生的美满。
露不出日光的天空，
白云正摇荡着，
我的期望将太阳般露出来。

我的一切的忧愁，
无端的恐怖，
她们并不能了解呵。
我若走到原野上时，
琴声定是中止，或柔弱地继续着。

——李金发《琴的哀》

22岁的李金发其实早已预言了他的一生。从他踏上那前往法国的船，他的灵魂注定漂泊在他乡。没有任何坚固不化的羁绊，没有什么安乐幸福的爱巢，一场微雨淋湿了他，便再不会从他心头干涸。能够有一种似乎的美满，或能在微雨潺潺里“柔弱地继续”，已是乱世中他乡学子可遇而不可求的幸运。

另如他在诗中的预言，象征这场雨落在东方的大地，碰出各色各样的回响，有过短暂的中止，但微弱的余音仍坚持留在雨中，期待在东方的泥土里落地生花。至于这又会为新诗带来怎样奇异的命运，自是后话了。

在雨巷中

——戴望舒与《雨巷》

提到戴望舒，我们的脑海里都会自动弹出两个字——雨巷。

戴望舒，毫无疑问是成功的诗人。他于22岁写出了《雨巷》，引领新诗走入新世纪的第二个十年；于24岁写下《我的记忆》，率先做出新诗音乐性的重要转型；他一生创作的诗篇与诗论，承继了李金发一脉的象征诗风，又在前人的基础上进行改良与转化，使得象征的微雨于东方的土地上落地生根，古典诗歌的幽美与西方象征的深晦完美交融，辅以时代的忧郁和青春的心绪，缔造了主导新诗坛20世纪30年代的现代诗风。

《雨巷》是戴望舒最负盛名的作品。它是“望舒”这御月之神升起的明月在中国新诗史留下的最经典的江南书写，是戴望舒一生的情感印记，是新诗朦胧忧伤的象征密码。他的一生，也正是一条漫长的、没有尽头的雨巷，这雨里有缥缈风尘的结晶，是他的诗，有黯然转身的人影，是他的爱，有藏在星河里的火种，是他的奋斗。在雨巷之中，他有笨拙的爱和唯美的情思；在雨巷之外，他有青春的身体和病着的心。诗里诗外，他撑着油纸伞，满脸忧愁哀伤，在凄迷朦胧中彳亍。

戴望舒的少年时期本该是阳光快乐的。1905年，戴望舒出生于美丽的杭州城，父亲戴立诚是银行职员，母亲卓文出身书香门第，经常给他讲古代故事，是他的文学启蒙老师。戴望舒天资聪慧，好学上进，三四岁便开始大量阅读中外童话、故事。他喜欢在阳光下自由奔跑，喜欢在书海里尽情遨游，喜欢依偎在母亲的怀抱里喃喃细语。可惜，这一切的美好因为一场天花而破碎，那个阳光的孩子从此精神上烙下疾病的幽影。

天花虽然被治愈，但俊俏的脸上留下了瘢痕，容貌被毁。从容貌被毁的那一天起，戴望舒似乎感觉每时每刻都在遭受伙伴、同学、朋友有意无意的嘲笑、挖苦，他时刻处于自卑和少言寡语的状态。没有玩伴的戴望舒只好一头扎进古典文学的海洋中，尤喜鸳鸯蝴蝶派的哀婉风格。病愈后，他鲜与人交流，性格也从开朗变得内向敏感起来。

成年后的戴望舒仍然没有走出自己的天地，一米八几的个子，诗名远扬，风流倜傥，却很少在公开场合露面，有时说话都说不清楚。据说，病愈后戴望舒与母亲的关系也不似从前那般亲密，直至成年后的戴望舒还曾多次质问母亲为什么没有将他的病治好，让他无颜示人。

好在脸上瘢痕带来的心理创伤并没有妨碍戴望舒的才气，他学习成绩优异，阅读量大，知识面宽广。他17岁就开始文学创作，在浙沪文坛初露锋芒。意气风发的戴望舒还与张天翼、施蛰存等好友在杭州成立了兰社。而后考入上海大学文学系，在田汉的课堂学习了法国象征派诗人魏尔伦的诗作，遂由此萌发对其的终生爱好。

在那个风起云涌的年代，风华正茂的戴望舒也加入了群众运动，想要寻求救国救民的革命道路。早期戴望舒以写小说进入文坛，1922年8月他的处女作《债》，发表于《半月》第1卷第23期，而后又发了两篇带有揭露黑暗社会现实性质的短篇小说《卖艺童子》和《母爱》。

除了用作品揭露现实，戴望舒还积极参与群众运动。1925年5月，上海发生五卅惨案，上海大学学生举行游行示威声援工人群众，戴望舒也参加了游行。

在震旦大学学习期间，他与施蛰存、杜衡参加各种宣传鼓动活动，编印简报，张贴标语，散发传单……并因此被校方开除。1927年3月，戴望舒与杜衡在法租界被捕，后经保释释放。但在上海的这次被捕，给戴望舒高涨的革命热情以沉痛的一击。虽然他们只被关了一晚，可蜷缩在冰冷牢房里那种饥寒交迫与胆战心惊的处境，让他感受到阳光是如此温暖，自由是如此可贵。以后的岁月里，戴望舒虽然一直同情革命并帮助革命的朋友，但却与革命保持一定的距离。他已经摒弃了激进的革命手段，而将重心重新转到了文学上，再次钻入文学的小天地中。

1927年的暮春，刚经历了牢狱之灾的戴望舒，心情极度苦闷，为排解忧伤，便去松江看望挚友、《现代》杂志主编施蛰存。当他叩开好友的家门时，施蛰存不在家，一个十八九岁的女孩走了出来。澄澈的眸子，灵秀的面孔，轻盈的身姿，徐徐走到戴望舒的身旁。她叫施绛年，是施蛰存的妹妹。

也许是一见钟情，也许是基于心境的喜欢，总之是命中注定。郁闷的心绪，失落的激情，撞上心头初绽的蓓蕾，戴望舒爱上了施绛年，踏入了命运为他铺开的天罗地网。

撑着油纸伞，独自
彷徨在悠长、悠长
又寂寥的雨巷
我希望逢着
一个丁香一样地
结着愁怨的姑娘。

她是有
丁香一样的颜色，
丁香一样的芬芳，
丁香一样的忧愁，
在雨中哀怨，
哀怨又彷徨；

她彷徨在这寂寥的雨巷，
撑着油纸伞，
像我一样，
像我一样地

默默彳亍着，
冷漠、凄清，又惆怅。

她默默地走近
走近，又投出
太息一般的眼光，
她飘过
像梦一般地，
像梦一般地凄婉迷茫。

像梦中飘过
一枝丁香地，
我身旁飘过这女郎；
她静默地远了、远了，
到了颓圮的篱墙，
走尽这雨巷。

在雨的哀曲里，
消了她的颜色，
散了她的芬芳，
消散了，甚至她的
太息般的眼光，
丁香般的惆怅。

撑着油纸伞，独自

彷徨在悠长、悠长
又寂寥的雨巷，
我希望飘过
一个丁香一样地
结着愁怨的姑娘。

——戴望舒《雨巷》

春雨细细，情思绵绵，这个暮春，戴望舒在烟雨江南写出了《雨巷》。

这首诗被叶圣陶誉为“开创了新诗音节的新纪元”，也是东方的意境与西方的象征水乳交融的结晶，是诗人笔下错落有致的音节与诗行，是如梦似水的哀愁里渗透出的新诗圆熟，是新诗经历了象征派与新月诗派的周转追寻后，终于结出的一颗幽怨而饱满的果实。

《雨巷》集合了象征诗风探讨的意蕴与新月诗派钻研的形式，全诗的核心意象是“像丁香一样的姑娘”。丁香因花筒细长如钉且香故名丁香，其花序硕大、开花繁茂，花色淡雅、芳香，给人高洁美丽的感觉，常常赢得洁身自好的诗人青睐；又因开花在仲春时节，花筒稍长，给人以欲尽未放之感，诗人们对着丁香往往伤春，说丁香是愁品。宋代王十朋称丁香“结愁千绪，似忆江南主”。丁香花未开时，其花蕾密布枝头，称丁香结，李璟《浣溪沙》有“青鸟不传云外信，丁香空结雨中愁”。唐宋以来，诗人常常以丁香花含苞不放，比喻愁思郁结，难以排解，用来写夫妻、情人或友人间深重的离愁别恨，如牛峤《感恩多》有“自从南浦别，愁见丁香结”，李商隐《代赠》有“芭蕉不展丁香结，同向春风各自愁”。

可见，丁香是我国古典诗歌中常见的意象，在诗人笔下是美丽、高洁、愁怨三位一体的象征。那姑娘融汇了许多其他清雅古朴的古典意象，细雨、长巷，以及诗人凝望她时的油纸伞，充满江南温润迷蒙的情调，又飘荡着渺茫哀愁的情思。诗人仿照《诗经》中的重章叠句，一咏三叹，细腻深曲，先写诗人独行，偶遇姑娘，以丁香的意象象征姑娘的朦胧柔伤，并通过她的彷徨、走近、飘过、远去拉扯“我”敏感又寂寞的心境，最终她仿佛《蒹葭》中的伊人，消散在蒙蒙的细雨里，带着诗人的哀愁与忧郁，留给诗人无尽的怅惘和追忆。

《雨巷》的象征手法是多样的，戴望舒承继了李金发一脉将象征作为一种情调、一种手法的创作方法，并予以深远的发展，把“象征”扩散至全诗，雨巷、丁香、油纸伞等意蕴隽永的小象征共同营造“姑娘”这一独特的大象征，承载诗人此刻心中的失落、踌躇，进一步延伸至破碎的幻觉与迷失的生命。在形式上，戴望舒着重发挥了汉语音节与汉语语意的美感，通过诗人的有意经营，用韵律的音乐性参与了氛围的渲染，融入全诗的象征。

这首诗于1928年一经发表，瞬间轰动新诗坛，23岁的戴望舒一举成名。“雨巷”是戴望舒为新诗寻觅到的专属意象密码，这意象脱胎于古典诗歌幽远的怅惘，又注入了现代自我意识的觉醒和思索，辅以现代汉语的音韵渲染，是新诗融汇东西诗学资源，而又转化为自身独立因子的体现。戴望舒从此被誉为“雨巷诗人”，他的新诗之路一片光明。

而孕育了戴望舒创作《雨巷》冲动的施绛年，也在戴望舒一次次苦心竭力的追逐中慢慢软化了拒绝。于戴望舒而言，她不啻一缕朝阳，一阵清风，一朵含苞待放的鲜花，给予他饱受伤害的内心以无比幸福的慰藉，也让这个喜欢沉浸于幻想中的青年诗人在这个小姑娘身上寄托了太多美好想象。诗人开始了默默的追求。他追求爱人的方式也非常罗曼蒂克，那就是写情诗。戴望舒1929年出版的第一部诗集《我底记忆》中，大部分为情诗，而写给施绛年的情诗差不多占了整个诗集的三分之一。《我底记忆》的扉页上，印着A Jeanne（给绛年）几个法文大字。

戴望舒的情诗多如雪花，施绛年的态度却一直不甚明朗。这也难怪，戴望舒是个木讷腼腆的人，尤其不善于和异性打交道。他视施绛年如天仙一般，常常因相思之情而“悠哉悠哉，辗转反侧”。可是，他的沉默和木讷，行动上的笨拙，生活上的固执，落在施绛年眼中，足以抹杀几十首情诗里的款款深情。她活泼开朗，只把戴望舒当哥哥看，从没想过要找一个这样的恋人厮守终身。

落花有意，流水无情，这让施绛年的哥哥施蛰存也跟着心焦。他十分希望知己能与妹妹结成良缘，极力劝说施绛年，想尽一切办法将两根不同方向的红线缠在一起。

然而，这非但没让戴望舒可以肆意沉湎幸福，反而加深了他心中的惶恐与无助。施绛年总是与戴望舒若即若离，他无法走进她的内心，更不用说恋人之间亲昵的举动了。戴望舒陷入了无穷无尽的忧愁与伤感。无奈的是，他只能，也只会用诗诉说心中深切的爱恋。

我将对你说我的恋人，
我的恋人是一个羞涩的人，
她是羞涩的，有着桃色的脸，
桃色的嘴唇，和一颗天青色的心。
她有黑色的大眼睛，
那不敢凝看我的黑色的大眼睛——
不是不敢，那是因为她是羞涩的，
而当我依在她胸头的时候，
你可以说她的眼睛是变换了颜色，
天青的颜色，她的心的颜色。
她有纤纤的手，
它会在我烦忧的时候安抚我，
她有清朗而爱娇的声音，
那是只向我说着温柔的，
温柔到销熔了我的心的话的。
她是一个静娴的少女，
她知道如何爱一个爱她的人，
但是我永远不能对你说她的名字，
因为她是一个羞涩的恋人。

——戴望舒《我的恋人》

少女有秀美的面孔、娴静的气息，少女的举手投足对

“我”而言都是温馨。但少女的心是天青色，是雨过天晴的天青色，也是带着些许忧郁的blue。少女美好却羞涩，情深却忐忑，令“我”无法捉摸，也不敢多思。情窦初开的戴望舒，一面沉浸在遇见所爱的欢愉，一面以“诗”迫近恋人的心灵，每次却都不甚顺利。或许在爱情中，诗并不是每个人心仪的必需品。

施绛年矜持中的真心，几乎令戴望舒痴郁发狂。为了挽救岌岌可危的爱情，他居然以自杀相逼。看到戴望舒如此固执，施绛年害怕了，也心软了，加上哥哥施蛰存锲而不舍的撮合，她1931年与戴望舒公开举行了订婚仪式。不过施绛年向戴望舒提出了两个结婚的条件：一、必须要去留学取得博士学位；二、回家后有一份稳定的工作。满足这两条，她方能考虑是否走进婚姻殿堂。

戴望舒答应了她的要求，于1932年踏上了去法国求学的旅程。和别的留学生不一样，戴望舒在法国过得很苦涩，家人不能完全支撑他的留学费用，他自己到处做兼职，比如给别人当翻译，给法国小孩当家教。戴望舒是个具有浪漫主义情怀的诗人，他不喜欢学校刻板的教育方式。在巴黎大学学习期间，他并没有认真听课，甚至从来不参加考试。

哦，不要请求我的无用心了！
你到山上去觅珊瑚吧，
你到海底去觅花枝吧；
什么是我们的好时光的纪念吗？

在这里，亲爱的，在这里，
这沉哀的，这绛色的沉哀。

——戴望舒《林间的小语》

艰难的物质生活，异国的孤独行旅，戴望舒都可以勉强承受。最令他痛苦的，还是隐隐约约传来的施绛年变心的传闻。远离了爱人，他的诗不能第一时间递给她，想来在国内的时候，两人相聚，施绛年尚对他的诗没有什么明显的触动，现在呢？她还会在原地等待自己吗？戴望舒渐渐有了不祥的预感，这份思念渐渐在他心头堆积，聚成一片绛色的沉哀，日复一日消磨他在法国生活的决心。

戴望舒猜的没有错，在爱情的世界里，越是自卑的人越拥有敏锐的预感。他们往往在知道结果时执意开始，在预见结局后还要撞得头破血流。戴望舒赴法后不久，施绛年不愿继续接受这逼迫的屈从，她是林中奔跑的一只小鹿，深潭里的孤月困不住她，她原应自由自在，无拘无束，呼吸自由和爱带来的新鲜空气，而不是被迫接受一个生活中木讷、信纸上绮丽的爱人。她不顾施蛰存的劝阻，毅然开始了新的感情。

1935年春，戴望舒被里昂中法大学开除，有说他是因为没修到学分，依照校规被开除的；也有说是因为他跑去西班牙参加马德里的游行活动，西班牙当局遣返他回法国而法国直接将他驱逐出境。不管因为什么，戴望舒近三年的旅法生涯，除了写诗，一无所成，既没带回施绛年要求的文凭，也没有感受到多少快乐与幸福。而这一切，比起接下来戴望舒要面对的痛苦，仅是小巫见大巫罢了。

戴望舒刚回国，便坐实了施绛年移情别恋的传闻。比起愤怒，他更多的是深深的无奈。这场恋爱从一开始，他便是弱者。那激发了他雨巷情结的少女，终如诗中所写，撑着命运的油纸伞，走出了他这条小巷，再也没有回头。只留他一人，情根种在了这幽怨的雨巷里，无尽地彷徨。

1935年夏，戴望舒与施绛年解除了婚约，结束了八年无望的苦恋。他为这段爱情写了很多诗，最后一首悼歌《霜花》这么写道："装点春秋叶/你装点了单调的死/雾的娇女/来替我簪你素艳的花。"

在这张施绛年及时脱身的天罗地网中，他越陷越深。

这八载浸泡了无数爱恨的春夏秋冬，除了咫尺天涯的爱人，戴望舒把所有的心血奉献给了新诗。爱人越行越远，新诗却离他越来越近。诗之于诗人，是最忠实的灵魂伴侣，它为戴望舒苦闷忧郁的灵魂筑起了乐园。

但戴望舒没有止步于《雨巷》的成功。1929年，戴望舒写下《我底记忆》一诗，有意打破《雨巷》时期对音韵体式的刻意经营，将新诗的象征艺术往前拉了一大步。

我底记忆是忠实于我的，
忠实得甚于我最好的友人。

它存在在燃着的烟卷上，
它存在在绘着百合花的笔杆上，
它存在在破旧的粉盒上，

它存在在颓垣的木莓上，
它存在在喝了一半的酒瓶上，
在撕碎的往日的书稿上，在压干的花片上，
在凄暗的灯上，在平静的水上，
在一切有灵魂没有灵魂的东西上，
它在到处生存着，像我在这世界一样。

它是胆小的，它怕着人们底喧嚣，
但在寂寥时，它便是对我来作密切的拜访。
它底声音是低微的。
但它底话是很长，很长，
很多，很琐碎，而且永远不肯休：
它底话是古旧的，老是讲着同样的故事，
它底音调是和谐的，老是唱着同样的曲子，
有时它还模仿着爱娇的少女底声音，
它底声音是没有气力的，
而且还夹着眼泪，夹着太息。
它底拜访是没有一定的，
在任何时间，在任何地点，
甚至当我已上床，朦胧地想睡了；
或是选一个大清早，
人们会说它没有礼貌，
但是我们是老朋友。

它是琐碎地永远不肯休止的，

除非我凄凄地哭了，或是沉沉地睡了；
但是我永远不讨厌它，
因为它是忠实于我的。
——戴望舒《我底记忆》

这首诗是一首洋溢着散文美的自由诗，有别于《雨巷》的新格律体。他使用散文化的平实朴素的语言，不重字句的押韵、诗节的回环，不依靠格律的雕饰，全以自然流动的情绪与纷乱交杂的日常意象、生活场景化的叙述引领情绪节奏，有张有弛，用情感上的跌宕变化升华音韵的抑扬顿挫。这首诗选择的象征意象，也从“雨巷”那玲珑精巧的古典化意象，变成更能深入现代生活，捕捉日常情绪的生活意象。这些平淡琐屑的日常形成诗人乍看了无波澜的记忆，可细细挖深来看，记忆的低语、内心的观照、灵魂的思索与反问无处不在，萦绕在诗人日常化、琐碎化的体验中，与诗中所写记忆的飘忽、多样、捉摸不定相互契合。从烦闷到习惯，从习惯到依恋，诗人情绪的转换体现出生命状态的更迭，象征从无形见有形。

大革命失败后的中国回荡着多重选择的交奏，五四时期的启蒙激情如一条大江，在险峻雄奇的山谷里分裂出不同声响的支流。有人走向集体寻觅个体的归依，革命文学就此走入新诗的视野；有人保持中正，回归田园朴素的审美；也有人彻底回归了自己，在自我心灵里建构一座象牙塔。戴望舒便是第三类人。

辽远的国土的怀念者，
我，我是寂寞的生物。
假若把我自己描画出来，
那是一幅单纯的静物写生。
我是青春和衰老的集合体，
我有健康的身体和病的心。
在朋友间我有爽直的声名，
在恋爱上我是一个低能儿。
因为当一个少女开始爱我的时候，
我先就要栗然地惶恐。
我怕着温存的眼睛，
像怕初春青空的朝阳。
我是高大的，我有光辉的眼；
我用爽朗的声音恣意谈笑。
但在悒郁的时候，我是沉默的，
悒郁着，用我二十四岁的整个的心。

——戴望舒《我的素描》

这是戴望舒对自我世界的剖析，也是那一代彷徨青年的集体精神写照。他们是青春与衰老的集合体，既强烈渴望变革现实，融入时代，又担心脆弱的自我随时被江河湖海吞噬；他们既敏感捕捉世间声色的交替，又习惯了在孤单和寂寞中独自憩息。施蛰存称其为“时代的忧郁病”，确实，崛起的都市生活加速了中国的社会转型，一种全新的生活体验出现了，现代节奏对传统生活的打破和扭曲，令这些生活在夹缝里的年轻人痛苦不堪。为此，他们找到了新诗。这座象牙塔可以为他们遮风挡雨，让他们静静雕刻各自的灵魂。他们抗拒在新诗中汇聚太多表意，也反感肤浅的泛滥的抒情。他们早已察觉新格律体的僵化，也不满李金发等象征诗人对这片森林的移植，于是乎，随着20世纪30年代的到来，以戴望舒、卞之琳、施蛰存、废名、何其芳为代表的年轻诗人们投身于象征的天地，构成了中国新诗第二个十年里的浓墨重彩——现代诗派。

这个名字来源于1932年施蛰存主办的杂志《现代》，这里不仅是朦胧、繁复、幽邃的新诗风的荟萃，也是一批以穆时英、刘呐鸥为首的小说家描绘都市生活的天地。因施蛰存的关系，戴望舒当仁不让地成为《现代》杂志的新诗创作主力。即便他远赴法国，也不影响他与现代派诗人们的交集。他们一起翻译、争论、创作，精心构思纯诗这座象牙塔，庇佑时代下每一朵飘落的魂灵。

是飘落深谷去的
幽微的铃声吧，
是航到烟水去的
小小的渔船吧，
如果是青色的珍珠；
它已堕到古井的暗水里。

林梢闪着的颓唐的残阳，
它轻轻地敛去了

跟着脸上浅浅的微笑。

从一个寂寞的地方起来的，
迢遥的，寂寞的呜咽，
又徐徐回到寂寞的地方，寂寞地。

——戴望舒《印像》

这首诗刊登于1932年《现代》创刊号，此时的戴望舒，已能通过单纯的意象并置，构建看似独立并无明面相似的象征空间，又能从各个小空间中抽取朦胧的象征指向，形成生命状态的一种投射。

他无心铺就过多的意义与情感，深谷的铃声清幽，入水的渔船迷蒙，井口的露珠摇摇欲坠，林间的残阳颓唐衰笑，这些带着迷惘和伤感的意象，以没有源头的呜咽收拢全篇。带着寂寞的怅惋，戴望舒将这些意象具体化、拟人化，以此来凸显“印像”中的具象与可感。他抽走了承接逻辑的关联词语，使得每个意象独立之余又能共生，宛若诗人分叉却统汇的怅惘思绪，无形间指向意义的更远处——稍纵即逝的瞬间，不可挽回的生命。戴望舒发挥了诸多意象的整体性，熨帖地整合在流转变幻的现代情绪之中。

1933年，戴望舒编订了第二部诗集《望舒草》。现代诗风越来越盛，回国后，戴望舒邀请了卞之琳、冯至、孙大雨、梁宗岱等参与，于1936年10月推出了现代诗派另一本重要刊物《新诗》。馥郁的感性象征与已露出头角的知性理趣相辅相成，在全面抗日战争爆发前，为新诗这象牙塔勾勒了最幻美的图景。

与此同时，戴望舒的生活也发生了重要的变化。1935年，结束八年苦恋的戴望舒心情极差，只好去朋友家散心。除了施蛰存，同属《现代》杂志的刘呐鸥、穆时英等也和戴望舒交好。他们很同情戴望舒八年的虐心苦恋，决定拉他出苦海。一日闲聊，穆时英看似漫不经心地说："你不要灰心，施蛰存的妹妹算什么，我妹妹不比她漂亮？我给你搭搭桥。"

与施绛年的命运微妙的相似，18岁的穆丽娟就这样被哥哥拉进了戴望舒的世界。

秀气文雅的穆丽娟倒挺让戴望舒中意。穆丽娟陪他吃饭，看电影，上舞厅，抄稿子，他教穆丽娟打桥牌。渐渐地，穆丽娟也不由自主被戴望舒的才识所吸引，戴望舒感觉自己可以开始新生活了。他那颗因施绛年毁婚窒息而死的心，在这个善解人意的小姑娘的抚慰下，渐渐恢复了生机。1935年5月，他写了一首叫作《小曲》的短诗，其中有这样的句子："啼倦的鸟藏喙在彩翎间/音的小灵魂向何处翩跹/老去的花一瓣瓣委尘土/香的小灵魂在何处流连……"

1935年冬，戴望舒向穆丽娟提亲。有了穆时英的极力促成，提亲出奇顺利。1936年6月，戴望舒与穆丽娟在上海正式结为夫妻，青年诗人徐迟做他们的傧相，远近亲友欢聚一堂。

新郎高大魁梧，新娘柔美娇媚，他们的确是完美的一对。这当中还有一个小插曲。1936年初夏，戴望舒的父亲去世。依照传统习俗，戴望舒为父守孝，婚期得推迟。可戴望舒已被上一段的八年无果弄怕了，生怕推迟日期会引发变故，他宁愿背上不孝之名，也要如期完婚。

戴望舒娶来了佳人，穆丽娟的天真与温柔暂时抚慰了他失恋的痛苦。他们迎来这段婚姻最初也是最美好的时光。像写诗给施绛年那样，他也不吝啬为穆丽娟谱写幸福的诗篇。在一首题为《眼之魔法》的诗里，他郑重向妻子许下告白：“我是你的睫毛。”

1937年，他们的女儿戴咏素（朵朵）出生，为这对甜蜜的小夫妻增添了最暖的幸福。如果说戴望舒的一生是一条漫长的雨巷，那么这段时日，定是雨过天晴的午后。尽管他身上仍沾满多年苦恋留下的湿润雨丝，但至少，他在穆丽娟和女儿身上，看到了明媚的春光。

不过，戴望舒的人生，喜出望外只是偶然，“好景不长”。

女儿出生不久，新婚的喜悦和幸福感渐渐退去，他慢慢变成自己的本来模样——沉默，读书，写诗，不大说话。他的深情与细腻都只付诸笔下，穆丽娟感受不到。“你牵引我到一个梦中，我却在别的梦中忘记你，现在就是我每天在灌溉着蔷薇，却让幽兰枯萎。”戴望舒这首《初恋女》也招致穆丽娟的不快。这个比自己大了足足13岁的男人，并不像恋爱时浪漫体贴。琐碎的日常还原出戴望舒的木讷与沉闷，施绛年留下的倩影亦仍噩梦般如影随形，他们的矛盾也渐渐多了起来。

1937年7月，抗日战争全面爆发，与戴望舒一同沉浸在纯诗象牙塔中的青年们，被隆隆的炮火声击醒，纷纷走出自我沉湎的小世界，各奔东西。现代诗潮开始衰颓，戴望舒也必须迫切考虑现实的生存和民族的存亡。1938年5月，上海的局势愈发紧迫，戴望舒偕妻女来到香港。戴望舒想方设法为妻女找了薄扶林道附近山上的一座小洋楼。穆丽娟在楼下开辟出一个园子，种些瓜果蔬菜。戴望舒给房子取名为“林泉居”。

可他的心却无法如这小院子宁静别致，少年时代尤为火热的五四激情，在国家危难时再度复苏，戴望舒积极参与了香港的抗日文艺宣传工作，主编《星岛日报·星岛》副刊，四处奔走，团结文艺界的同行，在后方支持抗战。这么一来，他放在穆丽娟母女身上的时间就更少了。

暴风雨之前必有平静，在经过两年安然无事的香港生活后，1940年6月，这对夫妻的暴风雨来了。

1940年6月，时任汪精卫主办《国民新闻》社长一职的穆时英被国民党特工暗杀于上海。噩耗传到戴望舒家中，夫妻俩的反应截然不同。穆丽娟悲痛欲绝，执意要返回上海给哥哥奔丧。而戴望舒深恨穆时英任职于汪伪政府，即使他与穆时英相交多年，曾是一同在《现代》杂志挥洒笔墨的好友，即使穆时英是他和穆丽娟婚姻的牵线人。但此时此刻，穆时英既不是他的故友，也不是他的大舅子，他是汉奸、卖国贼，是中华儿女无法宽恕的罪人。戴望舒命令穆丽娟不许回上海，以近乎大男子主义的作风强压妻子的悲痛。

念及穆时英为汪精卫的报刊做事是事实，穆丽娟这次选择忍耐。

同年冬天，穆丽娟的母亲去世。电报发到香港，被戴望舒强行扣下。当穆丽娟穿着大红衣服出现在朋友面前时，人们先惊后笑："你母亲都去世了，怎么还穿大红衣服？"宛若晴天霹雳，穆丽娟找到了被戴望舒扣压的电报。四年的忍耐在顷刻间彻底爆发，她不再留恋这个终日埋头于书卷中的男人。

穆丽娟卖掉了母亲送给自己的戒指，买了船票，带爱女朵朵离开香港，杀了戴望舒一个措手不及。大错已经铸成，戴望舒不知该如何挽回，他使出了自己的必杀技——自杀。1940年12月，戴望舒在香港服毒自杀，幸亏得朋友相救捡回一条命。他在自杀前的遗书上写道："我们不能让孩子苦恼，因此我用死来解决我们间的问题，它和离婚一样，使你得到解放。"

而这个必杀技挽留不住施绛年，自然也留不住穆丽娟。心意如铁的穆丽娟派人送朵朵回到戴望舒身边，提出离婚。这一年，她才23岁。伊人离去，戴望舒无能为力。他一直拖延离婚一事。1941年秋天，他给穆丽娟寄去两本日记，还附上一本家庭相册。他写道："丽娟，看到了这些的时候，请你想到我和朵朵在等待你，等待你回到我们这里来，不要忘记我们。"

可这都不能亡羊补牢。想起戴望舒的专断，穆丽娟不想继续当一个小女孩。自己的哥哥与母亲相继离世后，她也真正地长大了。1943年，戴望舒终于放弃了对这段婚姻的垂死挣扎，签下离婚协议。

幸福的小家庭转瞬化作泡影，戴望舒也曾深深追悔。

他承认这婚姻的失败源自“一切都是我自己不好。都是我以前没有充分地爱她——或不如说没有把我对她的爱充分地表现出来”。可穆丽娟的回答则明快得多：“他对我没有什么感情，他的感情给施绛年去了。”

也许，八年的时间耗尽了戴望舒身为一个男人所能付出的全部爱意。又也许，作为戴望舒，他不会爱人，他只会沉默忧郁地伤害。离婚后，穆丽娟嫁给了《宇宙风》的主编周黎庵，二人白头到老。而戴望舒，正在凄风苦雨的香港，与民族艰难的前途，和他那个体渺茫的幸福，继续孤独地抗争。

在和穆丽娟离婚的时候，戴望舒亦不忘投身于抗日的宣传和革命活动。1941年底，戴望舒被日本人关进了牢狱。在狱中，他写下了那首家喻户晓的爱国赞歌《我用残损的手掌》——

我用残损的手掌
摸索这广大的土地：
这一角已变成灰烬，
那一角只是血和泥；
这一片湖该是我的家乡，
（春天，堤上繁花如锦幛，
嫩柳枝折断有奇异的芬芳，）
我触到荇藻和水的微凉；
这长白山的雪峰冷到彻骨，
这黄河的水夹泥沙在指间滑出；

江南的水田，你当年新生的禾草
是那么细，那么软……现在只有蓬蒿；
岭南的荔枝花寂寞地憔悴，
尽那边，我蘸着南海没有渔船的苦水……
无形的手掌掠过无限的江山，
手指沾了血和灰，手掌沾了阴暗，
只有那辽远的一角依然完整，
温暖，明朗，坚固而蓬勃生春。
在那上面，我用残损的手掌轻抚，
像恋人的柔发，婴孩手中乳。
我把全部的力量运在手掌
贴在上面，寄与爱和一切希望，
因为只有那里是太阳，是春，
将驱逐阴暗，带来苏生，
因为只有那里我们不像牲口一样活，
蝼蚁一样死……
那里，永恒的中国！

在爱情里，他是渴望爱却不会爱的弱势群体，但在战斗里，他是铁骨铮铮的中华男儿。戴望舒在日本人的监狱里受尽酷刑，灌辣椒水，坐老虎凳，但他没有向敌人屈服。两个月后，戴望舒才在叶灵凤的努力奔波下出狱。他也是极重情义的文坛大哥，1942年春，萧红和端木蕻良逃难到香港，戴望舒热情地接待了他们，并为他们的作品发表和出版奔波。萧红去世后，戴望舒协助安葬她于浅水湾。

这段香港的抗战记忆，在戴望舒1948年出版的诗集《灾难的岁月》里，有细致真切的叙述。1943年，戴望舒经由朋友介绍，认识了香港大同图书印务局经理部的杨静。杨静原籍浙江，生于香港，娇美清丽，热情大方。1943年5月9日，戴望舒与杨静结婚。新郎38岁，新娘才17岁。戴望舒也似乎在这段老少恋中找到了自信，焕发了青春活力。他给新婚的妻子写过一首《赠内》："即使清丽的词华/也会消失它的光鲜/恰如你鬓边憔悴的花/映着明媚的朱颜/不如寂寂地过一世/爱着你光彩的薰沐/一旦为后人说起时/但叫人说往昔某人最幸福。"婚后第二年和第三年，杨静分别生下了一个女儿。这算是香港时期戴望舒难得的喜悦了。

1944年，戴望舒在去浅水湾为萧红扫墓后，写下短诗《萧红墓畔口占》：

走六小时寂寞的长途，
到你头边放一束红山茶，
我等待着，长夜漫漫，
你却卧听着海涛闲话。

这首诗是戴望舒晚期创作的代表，洗练纯熟的口语、素朴平实的情感寄寓、意象相互牵连塑造的象征语境，以及丰富的隐喻和玄妙的思索诸多元素，在这首四行小诗里流淌交汇。多年以后，诗人臧棣评价，这是一首"伟大"

的短诗。

这首诗每一句都可解读为一层隐喻。第一、二句写对故人的追思与缅怀，六小时寂寞的长途，意味着诗人孤苦执拗的人生旅程，他坚持走到友人的墓前来一场将死之人与已死之人在边缘处的对话；“头边”“红山茶”具象化了逝去的友人，超越了物质上的生死间隔。接下来的第三、四句既是对追怀过程的描写，亦是对这一过程的提取与升华：活着的人凝望漫漫长夜，等待与彷徨没有终结；故去的人收获了永久的慰藉，却仍然要卧听海涛的闲话。正因为有鲜活的思念，消逝的灵魂也不会放弃关于生命的追思。

生与死在某种意义上相通，犹如墓碑里的萧红和墓前的戴望舒，他们共同叩问乱世中民族的命运、个人的命运，不敢迷醉短暂的激情。即便肉体死去，他们的灵魂也会与自然同生同息，永远徘徊在没有答案的边缘。戴望舒用日常化的对话语气、没有过多修饰的自然口语和简洁而极具概括性的自然意象，浓缩了生与死、人与世界、人的存在困境等诸多深奥的哲思命题，句中意象元素的对比，句与句之间意象关系的对比，转折逻辑带来的语意生成，都在这四行短诗里水乳交融，他的新诗书写已至炉火纯青的境界。

羚羊挂角，无迹可寻。纷乱战火，情爱飘零，经历种种不幸的岁月，戴望舒的诗终于达到了“无招胜有招”的化境。

戴望舒和杨静的婚姻，也没有给他的人生雨巷画上圆满的句号。1946年，戴望舒偕妻女返回上海，结束长达八年的香港旅居生活。但1948年5月，戴望舒因参与民主爱国运动，遭人诬陷，称他在香港被日本人下狱时，已经变节投敌。这一盆“汉奸”的污水浇得戴望舒周身寒凉，他只得偕家人再度返回香港。

频繁的迁徙与繁重的生存压力，令戴望舒和杨静之间形成了许多隔膜。加之戴望舒一以贯之的大男子主义和沉默木讷的情感表达，经常令杨静深感不快。1949年2月，戴望舒与杨静离婚，孤身北上北平，去时亲友相伴，还时孑然一身。

事与愿违跟好景不长一样，都是经常在戴望舒生命里出现的片段。虽然戴望舒对新中国的文艺建设充满了热情，可残酷的上苍，这次连徘徊于雨巷的机会也不给他了。1950年2月，戴望舒病逝于北京。死亡可以终结他一生漫长而坎坷的崎岖巷路，但对新诗而言，戴望舒的徘徊与痛苦、浪漫与激情、青春与浪花，早已注入他的诗，随滚滚红尘迎来了不朽的永生。

当爱已成往事

——卞之琳与《断章》

卞之琳，一个我们熟悉又陌生的名字。

我们熟悉的卞之琳，是现代派诗人的翘楚：19岁写诗，23岁出诗集，25岁写出传世经典《断章》，诗中蕴含丰富哲理，动人之余更有无限思考，开启了中国现代诗“主智”诗风。

而《断章》之外的卞之琳，经历过民国风华，亦经历过战争硝烟；有过才华高耀，也有余光黯然。而他对张充和长达15年的深沉爱恋，好似金岳霖对林徽因的倾慕，堪称现代文学史最令人怅惘的动人情史。

他生在冬天，离开在冬天，笔下的诗也具有冬天的品格：消融情感的炽热与激越，留下最凝练的形状，包融九十载风雨沧桑。品味他经典诗作中的智慧与思韵、他的情、他的愁，咀嚼他的青春与风霜、纠葛和痛苦，还有那观照世事的冷静与浸润苦恋的炽热，我们会发现：一首《断章》道不尽，千丝万缕卞之琳。

卞之琳最早与新诗结缘，是他14岁那年。一次他无意中买了一本冰心的《繁星》，新诗的自由灵动给予他深刻的印象，撩拨少年朦胧的言说欲望。

1929年，19岁的卞之琳考入北京大学英文系。那时青年学生流行写新诗，卞之琳也不例外。可他在写诗的男孩子中又有点另类：不爱说话，不会甜言蜜语，不出风头，写诗总是藏着自己悄悄写，不想让第二个人知晓。给卞之琳上英国诗歌课的老师是徐志摩。一日课下，徐志摩随口问卞之琳写不写诗，男孩好不容易鼓起勇气，把积攒起来的习作拿给老师看。徐志摩将卞之琳的诗作带回上海，分享给沈从文。这个不善言辞的男孩笔下，吟咏或慨叹都透着一股超越年龄的淡然，两个文学大家均赞不绝口。不等卞之琳点头，徐志摩当机立断，将这些习作拿去公开发表。

就这样，尚蒙在鼓里的卞之琳正式步入诗坛。由于徐志摩的速度太快没顾得上细节，直接用了诗人的本名，搞得卞之琳“从此发表什么作品用笔名就难了”。这兴许是上苍有意安排的机缘巧合，“卞之琳”这三个字注定逃不过新诗的碑石。

当时聚集在徐志摩身边的青年诗人不止卞之琳一个，他们以新月诗派为名，往新诗波澜迭起的洪流里撇一串珍珠，里面有20岁的陈梦家、23岁的方玮德……与这群冉冉升起的明日之子相似，尚是学生的卞之琳一开始毫不起眼。

他的诗风较之独抒性灵的婉约歌咏，也有些格格不入。人人偏爱纯粹热烈的抒情，肆无忌惮高呼少年之音；可卞之琳行文沉静，用语平实，取材日常，余韵清寞，除了格式上的谨严，真难找出新月派的影子。陈梦家在《新月诗选》中评价卞之琳的诗：“常常在平淡中出奇，像一盘沙子看不见底下包容的水量。”闻一多曾当众夸奖卞之琳与众不同，因为他不写泛滥成灾的情诗。诗人自己也老老实实承认：“我不会用语言表达自己的激情。”

如果乘一线骆驼的波纹
涌上了沈睡的大漠，
当一串又轻又小的铃声
穿进了黄昏的寂寞，

我们便随地搭起了蓬帐，
让辛苦酿成了酣眠，
又酸又甜，浓浓的一大缸，
把我们浑身都浸遍；

不用管能不能梦见绿洲，
反正是我们已烂醉；
一阵飓风把沙石来偷偷
把我们埋了也干脆。

——卞之琳《远行》

这首《远行》便是只会用语言表达激情的卞之琳，在情思萌动的青春岁月里写下的一首别具一格的“新月诗”，诗作格律谨严，结构齐整，但他情感的克制以至超脱、意象暗示性之丰富、对人生旅途的思索与怅惘，已露出现代诗风的雏形。“骆驼的波纹”对应驼队的行进与沙漠的辽阔，驼铃穿进寂寞，以动衬静，延伸景象的远近；将辛苦比作梦中又酸又甜的酒，身体浸入犹如身心在疲惫和麻木之间，仍保留下些许的清梦；虚实结合，紧密铺排，从睡梦中的烂醉联系到沙漠里的绿洲与风沙，以酝酿的梦境幻灭结束了这场未知的旅途，令读者的思绪随他淡和的情调，还没肆意沉浸，便已被寂然抽离，留下漫长的余音。

从这首诗我们可以发现，卞之琳本身就不是多愁善感的浪漫男孩，比起拜伦、雪莱、济慈，他爱冷静自持的T. S. 艾略特。尤其是艾略特的名言“诗不是放纵感情，而是逃避感情，不是表现个性，而是逃避个性”，简直成了卞之琳这种沉默寡言的闷骚boy的创作圣经。

在艾略特的影响下，拨开鲜亮的感性象征与直抒的浪漫咏叹，注入日常烟火的智性闪光，勾出沉静淡泊的生命思索，卞之琳找到了真正适合自己的诗风：智慧与想象齐聚，理趣与诗情并存。他渐渐成了“怎么读也读不懂”的卞之琳，日后著名诗人穆旦曾评价卞之琳的贡献——“为短短的新诗立下了一块碑石”。

1933年，卞之琳出版第一本诗集《三秋草》。同时，他与同读英文系的李广田、哲学系的何其芳结为好友，三人经常在北大的汉花园从诗词歌赋聊到人生哲学。

1934年，郑振铎向卞之琳约书稿。难得积极的卞之琳叫上何其芳与李广田，三人以常聚的汉花园为名，共出诗集《汉园集》（1936年出版）。何其芳的梦幻旖旎、李广田的质朴含蓄与卞之琳的哲思理性相映成趣，轰动一时，他们被后世誉为“汉园三诗人”。《汉园集》收录卞之琳诗作34首，为三人之冠。这是三位年轻诗人第一次也是最后一次在文学上的合作，全面抗战的爆发令一切美好戛然而止。年轻的诗人们颠沛流离，而他们所有的青春碎片，只有一本《汉园集》无声地铭记。

1935年10月，卞之琳想创作一首哲理长诗，绞尽脑汁、苦思多日仍未完成。他只满意其中的四行，见思绪再难延续，索性将这四行诗从长诗中摘出，独立发表。因其只是原作的一部分，故命名为《断章》：

> 你站在桥上看风景，
> 看风景的人在楼上看你。
> 明月装饰了你的窗子，
> 你装饰了别人的梦。

一切似在身边，一切又恍若梦境。短短四句道尽人与人之间微妙的联系，你是我的梦境，我是你的风景，随着人称的切换，悄然转移的视角从多方位展示了世间纷杂中最简单的道理——大家互成记忆。这首小诗自问世以来吸引无数读者的眼球，乃至成为卞之琳创作生命里最明亮的印记。

那么，《断章》中的“你”究竟指向何人？虽然卞之琳本人没有回答，但熟悉他故事的人们都坚持相信，这是一首写给张充和的情诗。

张充和也曾经说过："他这首诗是写给我的，我当时就有点知道。"

卞之琳与张充和的故事时间不长不短，刚好是一个人最美好的15年。

苏州著名教育家张冀牗有四个美丽聪慧的女儿——张元和、张允和、张兆和、张充和，时人称她们为"张家四姐妹"。张充和是家族的幺女，集万千宠爱于一身。她从小被过继给叔祖母抚养。叔祖母是李鸿章的侄女，十分重视她的教育。张充和4岁背诗，6岁习文，擅写小楷，多才多艺，尤爱古典文学。叔祖母去世后，张充和回到父母身边。1933年，她的三姐张兆和难敌昔日老师沈从文几百封情书的浪漫攻势，二人喜结连理。张充和赴北平参加三姐的婚礼，在三姐家暂住，准备次年北京大学的招考。三姐家中文人聚会不断，张充和与三姐夫沈从文的好友们一一混了个脸熟。当19岁的她看到23岁的卞之琳时，并未觉得对方有何特别。可她不知道的是，她那古典气质的温婉与少女气息的活泼，早已深深映在这个内向沉默的青年心里。

不善言辞的卞之琳看着眼前如兰似梅的少女，心里小鹿乱撞，却难说出所以然。他不太擅长将缤纷的人事直接付之于口。张充和的性子恰好与卞之琳相反，她大方洒脱，从不怯生，卞之琳的沉默，在她的眼中竟是古怪。对这次初会，卞之琳在四十多年后的《雕虫纪历·自序》中归咎于自己过于矜持。

沈从文迅速嗅到好友对小姨子的“不怀好意”，积极传授自己抱得美人归的经验。虽然他的经验只限情书攻势，可性情沉默的卞之琳，无法像沈从文对张兆和那般发起雪花般的情书攻击，他吐露爱恋的方式，只有不断地写诗。

然而张充和深爱古典文学，对新诗不感兴趣。哪怕此时的卞之琳处于创作的巅峰期，诗艺探索收获不断，但在张充和眼里，他就只是个“就看见他在埋头作诗”的不相投的友人，两个人之间始终存着一扇又一扇紧闭的心门。1934年，张充和顺利考上北京大学。她只读了一年，便因肺结核休学，返回苏州静养。

1936年，卞之琳因母亲去世回家奔丧。丧礼结束后，他下定决心，主动来到苏州拜访张充和，在张家小住了几日。热情开朗的张充和带卞之琳游遍苏州城，一尽地主之谊。这让卞之琳受宠若惊，心底压抑的情感火苗嗖嗖冒起。即使只是稍纵即逝的幻想，也足以让这辗转反侧的青年酿一曲如痴如醉的梦，在梦里拥吻真情的淋漓。这次重逢可谓是卞之琳记忆中与张充和为数不多的美好时光之一。他在《雕虫纪历·自序》中深切怀念当时无比充盈的满足与幸福——“现这竟是彼此无心或有意共同栽培的一粒种子，突然萌发，甚至含苞了。我开始做起了好梦，开始私下深切感受这方面的悲欢。”

他写的情诗越来越多，尽管他的爱情只是风中的初苞——

我在门荐上不忘记细心的踩踩，
不带路上的尘土来糟蹋你的房间
以感谢你必用渗墨纸轻轻的掩一下
叫字泪不沾污你给我写的信面。
门荐有悲哀的印痕，渗墨纸也有，
我明白海水洗得尽人间的烟火
白手绢至少可以包一些珊瑚吧，
你却更爱它月台上绿旗后的挥舞。

——卞之琳《无题·其三》

卞之琳不是不知道，他这个闷葫芦根本无法招架古灵精怪的张充和。

这个聪明果断极有主见的女孩，从不会轻易为一时的浓情蜜意而心动。要知道当年张兆和被沈从文的几百封情书弄得不知所措，亲友纷纷为才子佳人的喜结良缘献上祝福的时候，只有张充和坚定认为，三姐和沈从文根本就是两个世界的人。

沈从文与张兆和的婚姻，我们难以评价。然而张充和对卞之琳的态度却是始终如一的坚决根本不给人暗自想象的余地——“这种事情不能勉强，我自始至终对他都没有兴趣”，记者向晚年时的张充和询问卞之琳，她大大方方地这样回答。张充和认为卞之琳“不爽快，不开放”，连戴眼镜都有点故作深沉。张充和活跃灵动的内心世界，对于卞之琳而言，是一片孤涉深入却仍了无归路的沙漠，无望的希望追随着更大的失望，卞之琳深深痛苦。正如《断章》所写，连做梦都是关于伊人的风景。

隔江泥衔到你梁上，
隔院泉挑到你怀里，
海外的奢侈品舶来你胸前；
你想要研究交通史。

昨夜付出一片轻喟，
今朝收你两朵微笑，
付一支镜花，收一轮水月……
我为你记下流水账。

——卞之琳《无题·其四》

这组以《无题》为名的小诗共五首，写于1937年，彼时卞之琳一面甜蜜地幻想，一面焦灼地纠结。他“预感到这还是不会开花结果。仿佛作为雪泥鸿爪，留个纪念”，故写下这组小诗权当宽慰一下心如乱麻的自己。幽秘缥缈的思念与若有若无的爱慕，在诗人的笔下虚实交错，远近来回。美丽与悲哀，深情与缥缈，发自深处的多种情绪与打破自然语义的逻辑表达混杂一体。“镜花水月一场空”，细琐人生，枯燥中有韵味，韵味中有闪灭，而人生多的是从“交通史”到“流水账”的无解路径，令人迷茫，亦引人遐思。

苦恋多时的卞之琳将自己最满意的诗作装订成集，取名《装饰集》，扉页上正式题写“献给张充和”。这次蓄力了四年的表白没有如少年期许中一鸣惊人，张充和直接拒绝了他，不带丝毫流连。

张充和从合肥老家来到成都投奔四弟。卞之琳做东邀张充和与同事们小聚，聚餐时同事们拿卞之琳与张充和打趣，张充和恼羞成怒。她劝卞之琳不要再和这种朋友交往。卞之琳榆木脑袋不开窍，气得张充和跑到青城山上散心。卞之琳这才发现大事不好，连忙写诗相赠，但张充和看后只淡淡说了句："写得真好。"

无法叩动张充和的心扉，卞之琳郁闷至极，周边战火四起，他也无法安居书斋静静写诗了。1938年秋，卞之琳与好友何其芳一起远赴延安，投入抗日洪流。张充和则来到昆明，投奔于西南联大任教的三姐夫沈从文。

1940年，卞之琳应一众好友之邀也来到西南联大。他前脚刚到昆明，遇到单位解散的张充和闻讯，立即动身前往重庆，二人擦肩而过。1943年冬，在相识的第十个年头，卞之琳第三度出击，赴重庆探望张充和。卞之琳33岁，张充和29岁，都不再是青葱的懵懂之龄。但面对卞之琳十年不改的痴情，张充和的回答还是——拒绝。

多年的暗恋结出苦涩的果实，卞之琳却甘之如饴，只因她是张充和。1946年的春天，卞之琳与朋友们聚会，掏出自制的张充和唱片，爱不释手，邀友人共赏心上人的歌喉。

抗战结束，卞之琳决定去南开大学执教。北上途中专程到张充和家中拜访，共度中秋。1947年，卞之琳获得前往英国牛津大学访学的机会，临行前，他又专赴苏州，与张充和当面话别。张兆和见卞之琳如此深情，多次试探小妹的心思。张充和不停摇头，纵然她的年龄已是民国时的“大龄剩女”，她却坚定表示宁缺毋滥。

张充和没有再等待太久，1948年，她在北京三姐夫沈从文的家中遇见了在北京大学西语系任教的德裔美籍学者傅汉思。傅汉思比张充和小三岁，昔日对卞之琳的新诗丝毫不感兴趣的张充和，迅速对眼前这位学贯中西的青年学者一见钟情。

沈从文很快发现傅汉思频频拜访的小秘密，因为孩子们都直接管他叫起“四姨伯伯”。1948年11月，张充和与傅汉思成婚。次年1月，张充和陪同丈夫返回美国定居。而远在英国留学的卞之琳，只得在寂然与落寞中，为15年的暗恋书写下破损的结局。

他主动过，积极过，迟钝过，沉默过，也深深地爱恋过，爱得这份情融入了他的诗，照亮他一生。15年风雨沧桑，少年白头，痴情犹在，禁得住岁月，奈何不了“你”。

1949年，卞之琳归国，重返北京大学任教。时文坛新潮涌动，卞之琳的诗歌创作不得不转型，可转型之后他自己都说这些诗“绝大多数经不起回头再读，主要是缺乏真实的生活气息”。思来想去，他轻轻搁下了诗笔，不再逼迫自我去寻找一些本就无望的可能。

卞之琳把所有的心血转向翻译。早在19岁，卞之琳就翻译了莎士比亚的《仲夏夜之梦》。新中国成立后，他翻译了莎士比亚的大量作品，出版了相关论著，影响深远。故人远去，诗才亦难以施展，岁月留给卞之琳的只有怀念。1953年，卞之琳南下进行农村合作化试点，路过苏州，住进张充和的旧居。物是人非事事休，卞之琳怅然若失。在这间小楼里，他寻得友人沈尹默为张充和修改的词稿，小心翼翼带在身边，爱若至宝。

正是在这时，卞之琳结识了报刊编辑青林。

青林是一名小说家，比卞之琳小12岁，也是个有故事的人，她有过两段婚姻，均以丈夫背叛而告终。同是天涯沦落人，相逢何必曾相识。来向卞之琳约稿的青林看见面前穿着一身朴素的中山装、平淡中有些许黯然的男子，顿时心生怜惜。

他们聊工作，聊十四行诗，聊英国文学。据传，清秀雅致的青林与张充和有些微妙的相似。她们都爱穿旗袍。一日，卞之琳去探望抱病住院的青林，偷偷往手稿里塞了一张小纸条："独爱你曾经沧海桑田。"

难以想象年少时沉默羞涩的卞之琳，会有如此浪漫旖旎的表白壮举。时光注射了他们浓烈的爱恨，浓缩成一粒粒不老的鱼化石，诗为向爱而生的生命，再抒一次湿软的线条。1955年，45岁的卞之琳与33岁的青林步入婚姻殿堂。婚礼上，社科院的同事们都到场祝贺，杨绛还拿着新领的照相机给一对新人拍照。

走过滚滚红尘的两个人，或因爱痛苦，或被爱伤害，终觅得机会，于半生风雨过后互抱取暖。他与青林婚后恩爱和睦，育有爱女青乔，一家人和乐融融。卞之琳对青林呵护备至，妻子身体不好，他每晚睡前给妻子按摩头部，日复一日。对女儿，卞之琳更是疼爱不已。女儿爱吃红烧肉，他亲自下厨去做；女儿爱玩《红灯记》的木偶，他冒着大雪去买。家庭幸福，岁月静好，卞之琳的心情开朗了不少。

1979年9月，卞之琳出版了《雕虫纪历》，收录1930年到1958年近三十年的诗作，坦然接受诗歌之光从璀璨变向黯淡的过程。他取“雕虫小技”中的“雕虫”自喻，淡淡的自嘲里流露出他阅尽世事后不再迷惘的豁达。或许，一个人生命形态的完整，便在于能够书写每一次遗憾的不完美。

就连张充和这个留在心头最炽热的印痕，都裹挟着红尘从卞之琳的世界中开始散去。1980年，卞之琳赴美，与张充和重聚。他将当年从张充和旧居里找到的词稿完整奉还，并撰文《合璧记趣》纪念，从前多少事，一付笑谈中。1986年，张充和回国，登台献唱昆曲。往年好友们各个满鬓霜华，前来捧场，其中包括卞之琳。散场后，他没有多留，悄悄离开。终于，这爱已成往事。

1995年夏，青林病逝。已有85岁高龄的卞之琳难忍丧妻之痛，捧着茶杯终日不言。2000年12月，又是一个寻常的冬天，走过近一个世纪的卞之琳阖上双眼，随爱人变成永远的鱼化石。

我要有你的怀抱的形状，
我往往溶于水的线条。
你真象镜子一样的爱我呢，

你我都远了乃有了鱼化石。

——卞之琳《鱼化石》

卞之琳的一生，与他的代表作《断章》细细对照，实有几分微妙的相似：字字珠玑写过人世最美的风景，诗中智慧的闪光胜过一切错彩镂金；光芒璀璨的诗笔打动无数个“你”，唯独无法照亮所思之人的梦境。沧桑流逝无痕，爱恨悄然无声，《断章》是他生命的华彩，他是岁月长河留给新诗的断章。

这断章因爱而不朽，因诗而流传。卞之琳人生断章的结局或再难更改，然而漫漫人生长路里，有人相伴风雨，有人见证风华，真真实实地爱过——这也许是乱世中不幸中的大幸了。

为一滴水定形

——冯至与《十四行集》

不知不觉，我们已经来到了冯至。

笔者本打算在写戴望舒、卞之琳之前，甚至在写李金发之前，就写冯至的。因为冯至与湖畔诗社的少年诗人一样，早在新诗的发生期便入了这个不可出的旋涡。但冯至的诗，巧妙地覆盖住新诗最深层的机理转变，很难把其归入某一个具体的十年，放在新诗这颗果实渐熟的此处，似乎更合适一些。

如果我们把新诗当作一个活生生的人，那么1917—1947年这三十年的中国新诗，正是一个生命落地、成长、成熟的完成过程。20世纪20年代的新诗是婴孩的哭啼，用肆意的哭声拼命展示生命未来的所有可能；30年代的新诗是少年的呓语，雨帘里暧昧的情思、深夜笨拙的思考、临窗观望稚嫩模样的失落，都像成长的节奏带来的忧郁，莫名，却不可回避；到了40年代，新诗于战火和生死的洗濯间，用个体生命的血肉填补了诗意的机理，使其终于拥有了青年的形体。此时的新诗，作诗的语言融会了古今中西的粗粝活力，创造的意象变幻自如，陌生的隐喻和暗示接踵而来，诗形在自由和韵律间来去自如，就连交织在日常里的平凡瞬间，也拥有了“心中一亮”的诗意。

冯至便是深切融入了这三十年的人，从他初出茅庐的20世纪20年代，到诗意酝酿成酒的40年代，他陪伴了新诗，更丰富了新诗。陪伴新诗的人很多，创造新诗璀璨记忆的人也很多，可他们大部分人的诗情犹如年少时不愿启齿的暗恋，很难做到从一而终。但冯至不是，他有过中止，也有过离开，可他始终愿意言说，即使频繁错过，他也没有停歇思索中国新诗的脚步。对诗的追寻，本身便孕育着他对自我生命的希望。

我时常庆幸，现代新诗只需三十年，便能诞生冯至这样的诗人，能唤醒我们对生命中一些习以为常的事物的认知，让我们重新感受只言片语的美，思索生命与生活的真谛。作为读者，遇到这样的一首诗，或是这么一位诗人实在是一件再幸福不过的事。他的很多诗篇，也许无法让每一个人都能深入地解析或完整地体会，甚至只是其中的一两句会唤起读者的些许共鸣，但能够发现日常琐碎中的生命本质，再用诗这一极致的文字艺术向我们娓娓道来的人，确实不多。

鲁迅称冯至为“中国最杰出的抒情诗人”，这话乍听有些过誉。中国新诗的头三十年不缺抒情诗，恰恰相反，抒情是这三十年被反复书写的主流经验。从五四时期自我意识的觉醒，高歌自我胸臆的宏大抒情，到20世纪20年代中期分裂的自我世界与集体热情，再到30年代奇特繁复的朦胧抒情，战火时期飞扬的革命抒情，抒情，是中国诗歌从古到今最熟悉的节奏，新诗亦如此。

但读过冯至的诗的人都懂，鲁迅此语绝不会是一句妄言。更何况，冯至不仅仅是一位抒情诗人。

我是一条小河，
我无心由你的身边绕过
你无心把你彩霞般的影儿
投入了我软软的柔波。

我流过一座森林，
柔波便荡荡地
把那些碧翠的叶影儿
裁剪成你的裙裳。

我流过一座花丛，
柔波便粼粼地
把那些凄艳的花影儿
编织成你的花冠。

无奈呀，我终于流入了，
流入那无情的大海
海上的风又厉，浪又狂，
吹折了花冠，击碎了裙裳！

我也随了海潮漂漾，
漂漾到无边的地方
你那彩霞般的影儿
也和幻散了的彩霞一样！

——冯至《我是一条小河》

这首诗写于1925年，冯至时年20岁。

旁人20岁的青春是炽烈的爱火，而冯至的20岁喜好沉湎于明澈的思念。冯至喜水，不喜火，故将自己比喻成一条奔流不息的河，正如青春盛年不灭的生机，不知疲惫地向某一个方向奔去。自己是河，爱人是影，相遇也不必太多契机，水与影的交织便诞生于自然清丽美妙的回音之中，每一处投射都可瞥见20岁冯至那颗对爱与美格外敏感的心。

诗中首先设定了“无心”的前提，既是无心，相遇或深爱也都是难以预料的事，这反而使得与爱人的邂逅变得珍贵。没有预测，没有准备，“我”与“你”的相遇更有惊心动魄的欢喜。冯至不吝啬生动的拟人与活泼的想象，在情感与自然的对接过程中巧妙寻得客观的对应物体，森林的繁密、花丛的胜锦，都映照着陷入爱河的人儿难以自拔的甜蜜。诗人尽情放纵幻美的体验，因为下一刻，他就掉转了笔锋，开始描摹这如痴如醉的消逝了。

小河流入了大海，陷入无尽的漩涡，水中幸福的幻影自然也随之飘散，寻不见痕迹。这所有惊心动魄、撕心裂肺的分离，落入诗中原先设计的意象，便化作了自然界再平常不过的江河入海。只是浩荡的表象下，寄寓了冯至20岁缠绵而深远的情思，连黄昏下的海面，都染上了再也不见的悲伤。

这首诗鲜明体现了冯至在20世纪20年代抒情诗中的别具一格。它没有明确的、单一的指向，我们把小河与水影理解成爱情，只是因为我们愿意这么理解；事实上，诗中所写的小河和小河经历的景象，亦可看作是过程与事物关系的一种解读。它可以是命运，可以是理想，可以是爱情，总之，它是无心遇见、无端陷入、无情结局的一种哀伤，是20岁青年从这个变幻万端的时代感受的深切无定。这首诗也没有使用任何直抒胸臆的高呼，也没有任何明扣现实的表意，冯至用了小河这一核心意象和围绕着小河的水影、森林、花丛、大海、彩霞等意象群，使得全诗表达的情感与意旨集中又朦胧，真挚而深邃。他的语言也没有太多欧化带来的生硬造作，清灵质朴，还用了对偶和复沓等手法，营造柔缓平和的情感流动。

冯至的抒情诗，多是这种平实真切、自然质朴的语言，没有华美的修饰，也没有强烈个性化的烙印，更没有刻意经营的繁复美感，单纯，鲜明，却与诗中的意象组合出朦胧深奥的梦境。

落日再也没有片刻的淹留，
夜已经赶到了，在我们身后。
万事匆匆地，你能不能答我一句？
我问你——

你却总是迟迟地，不肯开口。
泪从我的眼内苦苦地流：
夜已经赶过了，赶过我的眉头。

它把我面前的一切都淹没了；
我问你——
你却总是迟迟，不肯开口。
现在无论怎样怏怏地走，
也追不上了，方才的黄昏时候。
歧路是分开呢，还是一同走去？
我问你——
你却总是迟迟地不肯开口。

——冯至《迟迟》

这首诗像是写给朋友，又像是写给21岁的冯至自己。疾驰的时代像火，燃烧四周毫不犹豫，而像水的冯至，显然是不大习惯的。他用了直抒胸臆的问话，却巧妙地将“我”和“你”虚化成两个缥缈的符号。“我”和“你”组成了“我们”，在这个“我”膨胀到顶点的时代，“我”的前行原本不需要任何人的附会，但诗人需要“你”的回答支持“我”的前行，因为只有这样，“我们”才是完整的“我们”。诗人旁观了自我的爆炸与分裂，已然发现——“我”的存在与快乐，是离不开“你”的判断和抉择的了。

冯至格外钟爱这种难以自我决定的命运，“我”的尝试与爱情，并不是由“我”的意志来绝对主宰。在二十出头的冯至眼里，人的命运就像水，一旦起始便决定不了何为止境。水孕育万物，滋养众生，诗便是像水一样多重生命的集合体。因而即便是最日常的景色、寻常的事物，在冯至笔下也能绽放出承载命运和情感的意义。

你同她的隔离是海一样的宽广，
纵使是海一样的宽广，
我也要日夜搬运着灰色的砖泥，
在海上建筑起一座桥梁，
百万年恐怕这座桥也不能筑起，
但我愿在几十年内搬运不停。
我不能空空地怅望着彼岸的奇彩，
度过这样长这样长久的一生。

——冯至《桥》

这又是一首写“无定”情感的诗，既可以看作思念爱人的无助与渴望，又可以看作诗人为自己理想与生命陷入的怅惘。所有有意义的事物，须建立在联系的基础上，而建立联系的过程，便是人生命与情感的一种完成。大海象征人与人之间的距离，还有距离中盛满的思念与深情；桥则是勾连个体与个体的通道，是心灵交会的条件。冯至反复强调，在思念之海里造桥，犹如空中楼阁，缥缈且无定，可他又不断坚持，将无望当作诞生希望的契机。因此，造桥不单单是表达情思，追逐所爱的象征，更是为了完成生命可以付出的全部努力。而人生命的完成形态，不在于结局，而在于与外界、与他人尝试架构联系的过程。

在这个过程里，最鲜明直率的告白，都可作为吟咏人生无常的象征。这正是冯至抒情诗的绝妙之处。同样使用意象，白话诗人群过于直接，以郭沫若为首的浪漫派又太过放纵，李金发取法法国象征主义，却一味艰深晦涩。早在戴望舒觉醒之前，冯至已酝酿出中国象征与情感的青春之花。它明澈又多彩，清丽而迷蒙，独特却不诡谲，丰满且不枯涩，说爱情不全是爱情，叹理想也有人生。

这不代表冯至没有惊艳绝伦的想象。冯至最知名的抒情诗，是他21岁时写下的《蛇》——

我的寂寞是一条长蛇，
冰冷地没有言语——
姑娘，你万一梦到它时
千万啊，莫要悚惧！

它是我忠诚的侣伴，
心里害着热烈的乡思；
它在想那茂密的草原，——
你头上的，浓郁的乌丝。

它月影一般的轻轻地，
从你那儿轻轻走过；
它把你的梦境衔了来，

像一只绯红的花朵！

蛇是一种冰冷而阴郁的动物，它常常让人不寒而栗。但冯至大胆地将其作为核心意象，贯穿全诗，在当时引来不小的关注。蛇冰冷，正如寂寞的心；蛇阴郁，正如含蓄的情；蛇带有攻击性，正如潜藏在静默之下的情欲。意象与情旨的反差，让人更能体会到寂寞之深沉。冯至放弃了以往那些清丽素朴的意象，选择“蛇”作为爱人的伴侣，一方是至美至善，而另一方则是阴冷凶残，青春悸动的心绪与炙热的向往扑面而来，带着致命的危险，不正如寂寞之中诗人对“姑娘”的倾慕吗？

冯至的想象在这首诗里已入神秘的化境。蛇栖息在草丛，所以它思念着若草原般浓密的秀发；蛇吐着红色的信子，所以它为“我”带来绯红的花；蛇嗖嗖地滑行，潜入朦胧的月色，就像爱，无处不在，无孔不入；蛇轻轻地衔来了姑娘的梦境予我，这样，便从姑娘的梦又回到了我处，正是对我的寂寞与思念的一种回答。悄然无声间，意识潜流里，“我”已完成了一场惊心动魄的爱情。

冯至的想象力还穿透在他20岁出头写的叙事诗中。新诗带来的经验容量令初出茅庐的他兴奋不已，在叙事诗里，他不仅能熟练地组合意象，还能肆意放飞他敏感的神经，写神话，写传说，写生死，写爱情。1923年至1926年，从18岁到21岁，冯至写了《吹箫人的故事》《帷幔》《蚕马》《寺门之前》四首叙事诗。这些叙事诗多数都以爱情为明面的依托，有视艺术为生命的少年少女互相拯救的困境，有被包办婚姻伤害而深陷自我封闭的少女陨落，有人兽之间震撼宇宙的痴情死恋，还有窒息情欲却抱着女尸狂欢的老僧。这些叙事诗不是单纯的生活摄影，也不是渴望构筑历史王国的长篇大论，而是奇异想象与复杂人性胶着的闪光，是极端与极端交替演绎的哀歌。

这是我日夜的功课，
我的悲哀，我的欢乐
什么是佛法的无边
什么是彼岸的乐国
我不久死后焚为残灰，
里边可有舍利两颗，
一颗是幻灭的蜃楼
一颗是女尸的半裸。

——冯至《寺门之前》（节选）

冯至的诗，叙述有多么鲜明平和，所描摹的幻灭便有多么哀切残酷。他尝试在诗中试探人性的极限，勾勒生命联系构建中的悲壮和那毁灭时的悲哀。爱情只是冯至深入人生奥秘的一条小径，走进入口，犹如神秘莫测的桃花源，所有的平常都在诗中映照出肆情的波澜。他的想象尽情拉长了这些曲折，他的意象又有意浓缩了这些悲欢，像一个又一个接连的聚焦，让人惊叹变幻的同时，早已深陷他的热烈和寂寞。

看这阴暗的、棕绿的果实，
它从不曾开过绯红的花朵，
正如我思念你，写出许多诗句，
我们却不曾花一般地爱过。

若想尝，就请尝一尝吧！
比不起你喜爱的桃梨苹果；
我的诗也没有悦耳的声音，
读起来，舌根都会感到生涩。

——冯至《无花果》

这是冯至在创作《蛇》的时候写下的另一首诗，可以看作是“我”在梦醒后对思念的回答。梦中绯红的爱恋、炙热的缠绵，张弛着欲望的惊险，在寻常的日照下，不过只是一颗生涩未熟的果实，笨拙，稚硬，为构建联系寻求努力，因人心缥缈而深感无力。但生涩的味道胜过悦耳的声音，就像他的诗，越热烈越神秘，越鲜明越多义。

也奇怪，在20岁，寻常最向往太阳神般光辉璀璨的年纪，冯至却自比一颗黯然的无花果，像月夜下独自弹奏的竖琴，婉转而哀伤，清澈却寂寞。

冯至走入诗坛的契机，可是不寂寞的。

跟前文提到的湖畔诗人、戴望舒、卞之琳一样，1905年出生的冯至少年时经历了新文化运动洗礼。1919年，冯至经同学推荐，读了一篇《新青年》上鲁迅的小说——

《药》。他被鲁迅小说中深邃的人文内涵与先锋的西方技巧吸引，从此陷入新文学难以自拔。1921年，冯至考入北京大学，阅读了大量新文学的作品，古典诗歌与外国诗歌，还有莫泊桑、都德、屠格涅夫、施托姆、契诃夫、显克维支等外国作家的经典作品。1923年，18岁的冯至吸引了北大文学社团浅草社成员的注意，加入了浅草社，先后结识了杨晦、陈翔鹤、陈炜谟等志同道合的好友。他们都是学外文专业的大学生，但对新文学与翻译有着难以想象的热情。这些好友陪伴冯至写诗、创作、探究、思考、旅行，少年相扶竟走完了漫长的一生。

1925年，冯至与好友们将因骨干林如稷出国陷入停滞的社团刊物《浅草》，改为《沉钟》，重组沉钟社。“沉钟”的名字即冯至所取，源自1896年德国戏剧家霍普特曼创作的悲剧《沉钟》。这出悲剧讲述了铸钟人亨利不畏艰险，历经困苦坚持铸钟，却因顾念家庭最终被妖怪俘获的悲剧。冯至以此为刊物之名，可见他骨子里仍有一股渗出热血的浪漫，虽然这浪漫里洋溢着明知不可为而为的悲壮。

也是在这一年，冯至与引领他走入新文学的鲁迅有了交集。在北大求学期间，冯至一直是鲁迅最忠实的学生。下课时分，他曾鼓起勇气，送给鲁迅一本新编的《浅草》，让一直致力提携新文学后生的鲁迅备感欣慰，“欢喜得好像过了一个小年”。1926年，冯至与陈炜谟登门拜访鲁迅，终于得到了与心目中的偶像对话的机会。鲁迅鼓励他们不要一味沉浸在校园的文学创作里，要投入广阔的社会斗争中去，并支持他们将《沉钟》周刊改为正式的半月刊，由北新书局出版。鲁迅的支持成为冯至文学之路上一道奇异的光芒，为他照亮了校园内外他之前甚少或是有意不去关注的部分。

沉钟社的文学青年们多爱小说与翻译，冯至却沉迷于新诗。他与新诗的交集最初也并不寂寞。1920年，15岁的冯至邂逅了郭沫若、田汉、宗白华三人的通信集《三叶集》，这是他第一次听说何为“诗”，何为“新诗”，何为歌德。《三叶集》记叙了三个热烈而焦灼的灵魂碰撞，那青春丰盈的痛苦震撼了少年多思的冯至。伴着这股热切的回音，1921年，冯至阅读了郭沫若的新诗集《女神》，郭沫若的激情澎湃与夸张恣肆的想象为冯至打开了新诗的大门。他惊讶新诗于抒发个人经验的自由与极致，兴奋地跃跃欲试。1922年，冯至结识北大国文系教授张定璜，在张定璜的举荐和介绍下，他的诗作被《创造季刊》录用，从而吸引了浅草社成员林如稷等人的视线，开启了上文叙述的文学之路。

综上，冯至的文学之路，开始于群情激昂的五四年代，懵懂于斗志昂扬的少年时分，结缘于浪漫呼喊下的青春共情。在这条看不见尽头的旅途上，冯至也不孤单。他既有尊崇慈和的师长，慧眼识珠的伯乐，也有志同道合的挚友。然而，他对生命的体验，却从人生刚刚结苞的时候，渗入了太多无助和寂寞。

1905年9月，冯至出生于河北涿州一个没落的盐商家庭。冯家祖上原是天津的世代盐商，至八国联军侵华，举家迁河北涿州避难，开始衰落。冯至是父母的第三个孩子，上有自幼残疾的姐姐、年长四岁的哥哥，下有一个顽皮叛逆的小弟弟。1913年，冯至的生母陈氏因病去世。她的离去加速了夫家的凋亡，也让她的孩子们变成当地受尽白眼与歧视的无母之子。母爱的消逝，家庭的破败，姐姐的残疾，父亲的失意，每一样都像一根针，扎得冯至幼小的心灵千疮百孔。他渐渐变得沉默、安静，宁愿与自卑的自我心声独处，也不愿做那个合群的孩子。

1915年，冯至的父亲续娶了继母朱氏。朱氏待人温和，十分疼爱冯至姐弟四人，虽然不能完全抹平年幼失母给予冯至的创伤，但她终为这个笼罩在忧伤里的家庭带来了一些新鲜的空气。1916年，11岁的冯至考取了北京市第四中学。朱氏力排众议，咬着牙熬过经济上的困难，全力支持冯至赴京求学，并安排冯至寄居在她的堂弟家里。她不吝啬自己对于冯至的关爱与希望，殷切期盼他早日成才。冯至在北京的求学生涯，也因为有继母无微不至的关怀，进行得还算顺遂。不过，年少离家，孤身一人，寄人篱下的滋味还是不大好受。纵然朱氏在天津老家默默为冯至提供一切支持，可对于漂泊中的少年而言，这不能完全替代朝夕相处时感受的温馨和爱。他仍旧活得很寂寞。

1920年夏，冯至从北京四中毕业，返乡自修，准备次年北京大学的考试。然而还不到一年，次年春天，疾病带走了朱氏的生命，冯至又一次遭受了丧母的打击。人海茫茫，处处聚散，无论是骨肉至亲，还是结下母子之缘的继母，都无法陪伴冯至经历人生的风景。这是冯至第一次尤为深刻地体验到命运的无定与人生的无情。朱氏去世后的第二个月，他写下他的第一首新诗《绿衣人》——

一个绿衣的邮夫，
低着头儿走路；
——也有时看着路旁。
他的面貌很平常，
大半安于他的生活，
不带着一点悲伤。
谁来注意他
日日的来来往往！
但他小小的手中，
拿了些梦中人的运命。
当他正在敲这个人的门，
谁又留神或想——
“这个人可怕的时候到了！”

写这首诗的直接契机是冯至在胡同里看到一个穿绿衣服的邮差。邮差是一个普普通通、十分平凡的人，但他手中邮递的信件却可以改变许多收信人的命运，即使被改变的人也不可能提前知情。这种不知不觉间发生的人与人变幻莫测的关系，好比突然离去的母亲和继母，从天而降于家族的灾厄；而在这种变化性的关系中人与人共同“难以知情”的存在命运，则好比只得承受丧母之痛的冯至，难以割舍幼子却仍然被病魔裹挟的两位母亲。这首诗的表达很直白，却已初具对人的存在处境的哲学思考意味。冯至没有站在启蒙的精英立场，也没有站在为人生的表意立场，他只是在某个个体上发现了生命的普遍性，并把当下特定的社会图景与现代性命运牵连在一起，因为那是个朝不保夕、日夜动荡的社会，是一个爱恨离合都匆匆的时代。

平淡里的哀愁，习以为常中的悲哀，冯至从步入新诗坛的第一步起，就注定了他骨子里浪漫也掩饰不住的寂寞。即使在北大求学，与浅草社、沉钟社同人兴致勃勃投入创作高潮时，冯至仍隐然担忧为艺术献身和为世俗逼迫的矛盾，担忧个体心绪与集体狂热之间的矛盾，担忧时代变幻与生命完成之间的矛盾。鲁迅在看过他主导的《沉钟》后，直言这群年轻人“大抵热烈，然而悲凉的”，一语中的。

不过冯至的悲凉，并不是鲁迅等新文化运动先驱居高临下，感慨启蒙的悲凉，而是深入人群，深感人与人关系难测，前路不定的悲凉。1926年秋，冯至无意间读到奥地利诗人里尔克的散文诗《旗手》。里尔克是欧洲后现代主义代表诗人，诗作大多有浓郁的存在主义哲学色彩，个体、孤独、宗教、生死是里尔克诗作喜爱讨论的重要命题。这与自幼遭遇情感创伤、敏感与冷静并重、深情与理智并举的冯至不谋而合。冯至遇见了里尔克，犹如胡适遇见了意象派，郭沫若发现了惠特曼和歌德，李金发迷上了波德莱尔和魏尔伦，戴望舒惊喜魏尔伦、瓦雷里、古尔蒙，卞之琳倾心艾略特，东西方截然不同却异曲同工的两股气流撞在一起，冯至的新诗之路从此打开了新的一页。

1927年，冯至听从好友杨晦的意见，毅然放弃了毕业继续在北京执教的邀请，孤身北上前往哈尔滨，体验更多样的社会。这场被冯至本人记述为“北游”的哈尔滨生活经历，让冯至极大地感受到生活的繁杂，乱世的污浊，生存的艰辛，畸形繁荣下被扭曲的人性哀号。北风凛冽的哈尔滨把冯至这颗浸润在校园里的青春诗心吹醒了。短短一年的任职，冯至在五光十色却处处秽杂的哈尔滨目睹了无数人情冷暖，也把乱世里人如苇草的渺微刻入了骨髓。他从未如此寂寞，从未如此孤独，也从未如此彻底思索生活与生命的本质。1928年元旦，冯至写成十三章长诗，命名为《北游》。就此，他那朦胧却纯澈，忧伤而清婉的抒情时代缓缓落下帷幕。多年后回忆，冯至说，写出《北游》的那一瞬间，他的青春便结束了。

异乡的女子，
我来到这里，
并不是为了酒浆，
只因我心中有铲不尽的泥泞，
我的衣袋里有多余的钱币一张。

——冯至《北游》（节选）

1928年夏，冯至返回北京。在他越发倾心里尔克的时候，上苍为他的人生安排了一场奇遇。上文我们讨论了冯至写的很多抒情诗，这些抒情诗大多都以爱情为第一层外衣，但我们难以知晓北大时期诗情洋溢的冯至究竟倾心何人，是谁令他魂牵梦萦又不敢接近，只能在梦里点燃绯红色的花朵，又是谁让他沉默地写诗，源源不断地写，最后却收进自己心底，不愿吐露丝毫旖旎。我们只知道这是一段不了了之的故事，如同冯至笔下那些幻美又易碎的意象、缥缈且变幻的关联，只有摄入心魄的梦境，没有一目了然的结局。

关于冯至的爱情归宿，上苍和他最终的选择，是那个时代难得的简单和专一。1928年，冯至于杨晦家中结识了北平女子师范大学的学生姚可崑。冯至时年23岁，姚可崑24岁，冯至沉静细腻，姚可崑坚韧有主见，二人结下情缘。虽然冯至发现的烦恼越来越多，但和姚可崑的相遇与相恋，终于为他多年来的情感缺落补上了最诚挚的慰藉。他们的爱情并不轰轰烈烈，也没有那么多你侬我侬，只有两颗在感情与理性之间挣扎的心，于纷乱的前途里缓缓靠拢。

我们静静地坐在湖滨，
听燕子给我们讲讲南方的静夜。
南方的静夜已经被它们带来，
夜的芦苇蒸发着浓郁的热情——
我已经感到了南方的夜间的陶醉，
请你也嗅一嗅吧这芦苇丛中的浓味。

你说大熊星总像是寒带的白熊，
望去使你的全身都觉得凄冷。
这时的燕子轻轻地掠过水面，
零乱了满湖的星影——
请你看一看吧这湖中的星象，

南方的星夜便是这样的景象。
你说，你疑心那边的白果松，
总仿佛树上的积雪还没有消融。
这时燕子飞上了一棵棕榈，
唱出来一种热烈的歌声——
请你听一听吧燕子的歌唱，
南方的林中便是这样的景象。

总觉得我们不像是热带的人，
我们的胸中总是秋冬般的平寂。
燕子说，南方有一种珍奇的花朵，
经过二十年的寂寞才开一次——
这时我胸中忽觉得有一朵花儿隐藏，
它要在这静夜里火一样地开放！

——冯至《南方的夜》

这首诗写于1929年，正是冯至与姚可崑热恋的柔情时分。旁人的爱情喜欢在夏天，随着炎热的气息，蒸腾赤诚的爱意，冯至却偏爱遥远的静夜，借夜色抒写寂寞中的情事。他的想象如同一只冬去春归的燕子，在喧哗与静默里灵巧穿梭，点开寂寞酝酿的花朵。北方的夜的冷色调与南方的夜的热烈景象形成了对比，恰如诗人心灵的两面，一面出于习惯的寂寞和孤独，一面渴求爱情与幸福的殷切。秋冬般的平寂反而催化了情感的浓烈，一如冯至与姚可崑的爱情，看似平淡，追忆犹热。

爱情的甜蜜没有阻挡冯至对自我和世界认知的脚步。1930年秋，冯至前往德国海德堡留学，学习德国文学、哲学、美术史。在德国，他深感欧洲文艺犹如一片浩瀚无边的海洋，决心一头扎进去，像一块海绵孜孜不倦地吸收知识与智慧。在这里，他可以近距离接触歌德、里尔克、格奥尔格和霍夫曼斯塔尔。1932年春，他转入德国柏林大学学习。同年10月，毕业已一年有余的姚可崑终于攒齐了出国留学的费用，从上海乘船到意大利，与冯至在威尼斯的海岸上会合。

冯至一直担心家庭和爱情会多少影响到自己独立思考的空间，他在德国学习文艺与哲学的这段时日里，早已沉浸在思辨与哲理中不亦乐乎。对于姚可崑的到来，冯至心里一开始有点复杂。他既欢喜打破了异国相望的空虚，又对两个人的共同生活感到一丝丝不知所措。然而姚可崑亦是抱有远大理想的不俗女子，她不忧伤爱情，也不焦虑婚姻，即使她的年纪在当时已是十足的“大龄”。在柏林，冯至读里尔克、歌德、荷尔德林，姚可崑全心投入德语的学习，一个忙研究，一个忙作业，过着忙碌又井然有序的学霸式生活。

1933年春，冯至偕姚可崑回到海德堡，二人双双就读于海德堡大学的哲学院。这一年4月，一个天气很好的日子，冯至与姚可崑订婚了。他们的爱情一直很安静，订婚也是如此。冯至买了两朵玫瑰、四两饼干，面对面向姚可崑许下白头偕老的约定，甚至没有一个见证人，只是“在精神上‘邀请’了几个远方的朋友”。订婚之后二人生活依然照常，冯至全力钻研毕业论文的写作，姚可崑则致力于存在主义哲学的课程，或许爱到了时间的深处，最幸福的，就是与心爱的人度过每一个习以为常的清晨。

1935年夏，冯至结束了德国的学业，与姚可崑一起回国。途经巴黎时，他和姚可崑在一家中餐馆举行了简约而庄重的结婚仪式，结束了长达七年的恋爱长跑。在德国的这五年，冯至大部分时间都放在博士论文写作和翻译里尔克上。回到国内后，冯至也没有花太多时间写诗。他需要留给自己充足的思考时间。自1927年出版第一部诗集《昨日之歌》，1929年出版第二部诗集《北游及其他》，冯至不知不觉已与新诗坛暂别了十来年。没过多久，全面抗战爆发，冯至随同济大学开始没有休止的迁徙。1938年10月，冯至和姚可崑一路颠簸抵达昆明。次年秋天，冯至辞去了同济大学的教职，接受了西南联大的聘请，担任外文系教授，主讲德语。在数年的变故动荡里，妻子患病，父亲去世，儿女年幼，加之当局的政治迫害，深陷战乱的冯至如同他渴望在诗中深入思考的形而上，像风中的芦苇激荡无依，却也感受到生命终极的智慧与形体。

他不再是年少情切，婉转浪漫的冯至。德国求学的岁月和祖国残酷的战火，把他真真正正变成了沉浸人生又思索人生的智者。他敏锐的感觉、浪漫的情真、严密的逻辑、深邃的思辨开始结合成形；取代个人体验的孤独与寂寞的是，哲思深处的孤独与寂寞。他和里尔克的邂逅，更缔结了他与新诗最深刻的羁绊——生命的有限和无限，个体的有形与无形，人生的有常与无常，存在和虚无的转换，这些形而上学的哲学命题，浑融于迁徙、漂泊、生存，刻入了冯至的生活，随时等待他那双诗意而智性的眼睛凝聚。

我见过一个生疏的死者
我从他的面上领悟了死亡：
象在他乡的村庄风雨初过，
我来到时只剩下一片月光——
月光颤动着在那叙说
过去风雨里一切的景象。
你们的死觉是这般的静默
静默得象我远方的故乡。

——冯至《给秋心》（节选）

1940年10月，冯至举家迁至昆明城郊杨家山农场的两所小茅屋居住，这里野泉松涛，自在野趣，山水环绕的地形，有利于冯至一家抵挡空袭，为冯至提供了一个可以安心读书的环境。冯至每周进城两次，去西南联大讲课，课毕返回小茅屋，一边潜心阅读杜甫、歌德、里尔克，一边陪伴姚可崑与孩子。在这所小小的茅屋里，时明时暗的油灯和父母并肩读书的身影，是他们的长女冯姚平最美好的童年记忆。

每次进城，冯至都宛若经历了一场时空的穿梭：一头是滚滚硝烟，一头是宁静的山川，一头是校园里堆积的稚嫩面庞，一头是天上呼啸的战机，在中华民族的苦难岁月，西南联大的每一个教员与学生，无时无刻不在生与死之间领悟生命与国家的相互依存。轰炸与避难是西南联大生活的主旋律，物质贫瘠，居无安所，他们每一天都在与死亡擦肩而过。但西南联大的师生们，包括冯至，在时隔多年后依然念念不忘那片危机四伏的“桃源”。西南联大，那是他们和他一生难得的黄金时代。

人的生命是脆弱的，有限的，在残酷的战火里尤为如此。但同样没有什么能比乱世中人的生命，更能彰显中华儿女的坚韧不拔，冯至亦如是。每天出门看到头上嗡嗡而过的飞机，冯至非但没有丝毫恐惧，反而有一种古典诗歌中鹏鸟飞过的逍遥无拘。1941年年初的一天清晨，没有所谓现实需要的写作冲动，也没有什么特别的生离死别，仿佛冯至酝酿了十余年的诗意与思辨，像《南方的夜》里抒写的那朵花，忽然又奇妙地在冯至的心头绽开了。三十多年的人生漂泊，年少惨痛的亲情创伤，那段不知名的初恋情事，旅欧数载的思想洗礼，琴瑟和谐的夫妻相伴，永不离弃的挚友相随……冯至生命里可观的有限与承载的无限，思索的无形与定格的有形，真切的情动与深奥的哲思，化作他笔下涓涓的细语和精巧的诗行，《十四行集》诞生了。

我们准备着深深地领受
那些意想不到的奇迹，
在漫长的岁月里忽然有
彗星的出现，狂风乍起。

我们的生命在这一瞬间，
仿佛在第一次的拥抱里
过去的悲欢忽然在眼前
凝结成屹然不动的形体。

我们赞颂那些小昆虫，
它们经过了一次交媾
或是抵御了一次危险，

便结束它们美妙的一生。
我们整个的生命在承受
狂风乍起，彗星的出现。

——冯至《十四行集·其一》

《十四行集》是冯至于1941年初创作的一系列十四行诗，共27首。不需要爱情来做象征的依托，也无须借助明面的畸形与失意，这是中国新诗第一次以如此坦荡而开放的心态，直面生命这一宏伟又神秘的命题。不同于20世纪30年代的卞之琳等书写的智性诗多数停留在日常理趣的片刻闪光，《十四行集》对生命的诞生、存在、形态、环境、终结以至于循环都进行了理性而深刻的洞察。冯至是交融了日常的平实与想象的诗意，以一系列流动的生活图景或象征意象，凝固生命每一个完整或向上的瞬间。正如《十四行集》第一首所写，生命无处不在，生命处处皆欢。

什么能从我们身上脱落，
我们都让它化作尘埃：
我们安排我们在这时代
像秋日的树木，一棵棵
把树叶和些过迟的花朵
都交给秋风，好舒开树身
伸入严冬；我们安排我们
在自然里，像蜕化的蝉蛾
把残壳都丢在泥里土里；
我们把我们安排给那个
未来的死亡，像一段歌曲，
歌声从音乐的身上脱落，
归终剩下了音乐的身躯
化作一脉的青山默默。

——冯至《十四行集·其二》

在这首诗中，冯至选用了两组相似的意象：“秋日的树木”与树叶和花朵，以及“蜕化的蝉蛾”与残壳。无论是哪一组，都处于自然的新陈代谢过程之中，树叶、花朵以及残壳，都指向了死亡，而这死亡，又恰好是生命的再一次开始。犹如消失的歌声和永恒的音乐，生命便在有限和无限中交替循环，正是有限的生命长度挖掘出无穷的生命深度。

面对生死，冯至看得通透，却不悲观。万物生生不息，脱落的一切都会变成尘埃，而万物终归化为尘埃，以尘埃收获无尽的永恒，就像乱世里如同草芥的人命，消亡的肉体并不意味着生命的残缺，生死循环中不息的灵魂方是生命的真谛。

我常常想到人的一生，
便不由得要向你祈祷。
你一丛白茸茸的小草
不曾辜负了一个名称

但你躲避着一切名称，
过一个渺小的生活，
不辜负高贵和洁白，
默默地成就你的死生。

一切的形容、一切喧嚣
到你身边，有的就凋落，
有的化成了你的静默：

这是你伟大的骄傲
却在你的否定里完成。
我向你祈祷，为了人生。

——冯至《十四行集·其四》

这首《鼠曲草》的灵感起源于冯至在德国留学时，发现街边四处长满的“野草”，竟是一种较为罕见的，象征着高贵的植物——鼠曲草。这一反差引来了冯至的思考，个体能够完成生命到什么程度，对于生命的理解与承担又能到什么程度，生命的价值又在何处，这首诗即是冯至的回答。鼠曲草渺小，却遍地丛生，生机勃勃，坚韧地背负生命所赋予它的全部。多少细微的个体似砂砾，覆满这个星球，可正是每一个细微的个体认真对待自我，接受生死循环的过程，才相互成就彼此生命的形态。

冯至写《十四行集》前，曾读过里尔克的十四行诗《致奥尔弗斯的十四行》。十四行诗这一古老的外国诗歌形式，便从那时走入冯至的眼底。在《十四行集》里，冯至尽情抒发他这些年向里尔克，向人生，向自己寻来的人生感悟，形而上的思考落入想象和生活，便是生命最原始且最本能的言说——生命的本质是什么？生活的常态是什么？“我”的自我建构与追寻又指向何处？“我”与“我们”的存在有多少千丝万缕的关联？

死亡，与变化，这是人类对自我探索永不缺少的两个命题。在冯至的笔下，死亡意味着个体存在的孤独本真，而变化意味着个体与个体之间的常态联结——前者意味着人痛苦的本源，后者则是冯至视角下人生的悲欢本质。那么人活着，即承担自己的孤独，分享他人的苦乐，“我”于“我们”当中。

我们听着狂风里的暴雨，
我们在灯光下这样孤单，
我们在这小小的茅屋里

就是和我们用具的中间
也有了千里万里的距离：
铜炉在向往深山的矿苗，
瓷壶在向往江边的陶泥，
它们都象风雨中的飞鸟

各自东西。我们紧紧抱住，
好象自身也都不能自主。
狂风把一切都吹入高空，

暴雨把一切又淋入泥土，
只剩下这点微弱的灯红
在证实我们生命的暂住。

——冯至《十四行集·其二十二》

这些诗篇，读的时候，虽然有鲜明的图景、可观的色泽、明晰的叙述，可我们好像还是很难第一时间说出“这首诗在写些什么？”有些诗我们读不懂，因为它的哲思太过聚焦，像一串珍珠玲珑，打散了便了无踪迹，如卞之琳；有些诗我们很难懂，因为它的表达太过个性，像一颗彩珠浑浊，藏深了便看不见，如李金发。但冯至的诗不是这样的。他的语言都是日常化的表述，他诗中所写的人、景、物、事也都取自身边触手可及的风景，我们读起来，却仍会感到一些无法用语言准确形容的滋味，慢慢升起、蔓延、飞旋，一齐涌上喉尖。而我们通常，只会让这些滋味变成唇边一个深笑、心头的一声颤抖，无须深究意义明晰的某一个细节。

这也正是冯至的诗的魔力。战火里的冯至心态很平静，他的纠结、痛苦、寂寞化作永恒的思索，反复发酵，绽出豁达、乐观、平和与隽永。《十四行集》有很多这种看似在说诗人自己，又在诉说人类的故事，它离我们很远，又离我们很近。它既可以不被阐释，也可以接受一次又一次的阐释。因为它指向生命，而生命的滋味，人是远远活不够的。

从一片泛滥无形的水里，
取水人取来椭圆的一瓶，
这点水就得到一个定形；
看，在秋风里飘扬的风旗，

它把住些把不住的事体，
让远方的光、远方的黑夜
和些远方的草木的荣谢，
还有个奔向远方的心意，

都保留一些在这面旗上。
我们空空听过一夜风声，
空看了一天的草黄叶红，

向何处安排我们的思想？

但愿这些诗像一面风旗
把住一些把不住的事体。

——冯至《十四行集·其二十七》

这首录在《十四行集》最末的诗，一般被视为冯至创作《十四行集》的宣言。在最后一首诗中，冯至解答了自我对于感性（无形之物）与理性（有形之物）的把控与选择。取水人通过椭圆的瓶子，将无形的水定形，而迎风飘扬的旗帜，也让原本无形的风得以有形地显现，岁月的痕迹也通过草木荣枯得以被人们观察。在整首诗中，无形之物都通过某种手段而被定形下来，那么如何将我们的思想定形呢？其实诗人已经给出了答案，那就是诗。像红旗把住了风，细瓶定格了水滴，诗也可以将我们的思想安排下来，将思想定形下来。

这亦是冯至对新诗的总结辞。诗是什么？诗即是为一滴水定形的容器，这滴水可以是爱，可以是恨，可以是黑暗的现实、荒芜的乡野、黯然的记忆，也可以是冗杂的琐碎、循环的生死、孤独的人生。诗是一种定形，是对把持不住的事体的定形；生命亦是个体脱胎集体的定形，是“我”于“我们”之间的定形。冯至以最简明、最清晰的生活意象，以最平凡的日常图景，定格住生命看似琐碎而实属超越的终极定理。

《十四行集》将20世纪30年代卞之琳等人开启的主智诗风推上了新的高峰，虽然在战火纷飞的年代里，它没有引起足够多的轰动，可时人从不吝啬对它的赞美。在此之后，中国新诗拥有了形而上学的精神品格，西方的诗学思维与东方的美学经验完美结合，智性诗也不再是诗人个体对生活片段的感慨碎片。它为新诗定形，让新诗可以承载一种严肃而静穆的思索。

1942年，冯至出版了《十四行集》。随后，他再度将自己湮没于教学与爱国救亡的时代洪流中。创作《十四行集》的前后，冯至完成了历史小说《伍子胥》与散文集《山水》，那最为动荡艰难的岁月，是他文学之路真正的黄金时代。

新中国成立后，冯至也像卞之琳那般，多次尝试写作转型，却受制于彼时思潮与审美形态的束缚，转型的实验黯然收场。冯至把更多的心血投向学术研究，他那写诗时严密的逻辑性与深邃的哲学性，正与学术研究所需的特质不谋而合。冯至研究的重点是杜甫与歌德，前者是他战乱期间颇具共鸣的诗坛伟人，后者是他当年认识新诗、发现新诗的契机。此外，他还致力于外国文学研究与翻译，尤其是德语文学的研究。他多次来往于中德之间，发展两国文学的交流，寻找文化交会时的璀璨火花。

他经历了新中国成立初期文艺运动的浩荡风暴，也默默承受了“文革”时期的流放与迫害，他努力生存，像鼠曲草，像筑桥的人，像青年时代吟咏的小河，坚韧地承担生命迎来的未知。晚年的冯至，除了接连送别离世的好友，撰写各种回忆录，与多年相伴的文坛老将们握手言欢，便是不知疲倦地，继续奋战在学术研究的前沿。

1993年2月15日，冯至病逝于北京，走完了88年的人生路。回首他经历的近一个世纪，他实在见证了、参与了、陪伴了太多的潮起潮落。病重时，看着前来探病的妻子姚可崑，冯至十分平静地握住爱人的手，给予她这一生最后能给予的鼓励。他还不忘自嘲，往年书写生死时怎么也写不出，如今死亡迫近，他终于察觉生命的尽头，却没有力气提笔了。

冯至《十四行集》里收录了这样一首诗——

有多少面容，有多少语声
在我们梦里是这般真切，
不管是亲密的还是陌生：
是我自己的生命的分裂，

可是融合了许多的生命，
在融合后开了花，结了果？
谁能把自己的生命把定
对着这茫茫如水的夜色，

谁能让他的语声和面容
只在些亲密的梦里萦回？
我们不知已经有多少回

被映在一个辽远的天空，
给船夫或沙漠里的行人
添了些新鲜的梦的养分。

如果依照这首诗里冯至展现的生命“属于感”，在偌大的花花世界里生命与生命之间的关联来看，冯至的一生，无疑是幸福的，有爱人相守，有挚友相随，有书可读，有诗可写，有文字相伴，有思索相依。人生的羁绊交错，细化在你与我之间的面容和语声。你陪我做梦，我在辽远的尽头等你；你入我的梦，我在时间深处爱你。冯至确实是最杰出的抒情诗人，他抒的不单单是情，而是人类命运共同的形态：我们自己承受自己的生死，分担彼此的悲欢，坚持自己的孤独，咀嚼彼此的哀喜，最终一同绽放，等待化成永恒的尘埃。

一块碑石

——穆旦与《冥想·其二》

终于，我们等来了穆旦。

在我的计划中，穆旦永远都是最后出场的一个。当然，这是顺着时间线写下来的必然。新诗的发生自胡适“登高一呼”始，郭沫若正式令新诗独立，再经由20世纪20年代的少年诗人群、文学研究会诗人群、象征诗派、新月诗派交错发展，蓬勃向上，于30年代汇聚成戴望舒与卞之琳主导的现代双响；30年代末的战乱击碎了纯诗的象牙塔，高歌着爱国与关照民族痛苦的七月派诗人应运而生，之后迎来了战火纷飞、流离不断的40年代，冯至走上了主智诗风的巅峰，而穆旦与背后九叶诗人们的出现，则象征着新诗现代特质最终的确立和丰富的完成。

这条线，看似是水到渠成的事。如果我们只把穆旦当作是这条时间线上端头的节点，那么，把穆旦放在这本书的最后出场也没太多悬念。

然而，穆旦的意义远不止于此。

时至今日，或许人们仍对穆旦诗作的美学与思想价值争论不休，为如何定义穆旦在文学史上的地位七嘴八舌，但作为一个读者，穆旦的诗，能够带给我们直击心灵的战栗、跨越时空的震撼，能够唤醒我们迟钝已久的日常感官，令我们进入对世界、对自我、对周围、对集体的各种默然思索……

无须多言，诗本是思想与艺术的结晶体，遇到了这样的诗，我们只需要感动和感受，珍藏每一羽诗词抖落的光芒。

穆旦是一个早慧的诗人。

1918年出生于天津的穆旦，与成长于新文化运动时期的新诗人截然不同，没有那古典—现代断裂的文化教育链条，一开始便被投入中西文化交会的大熔炉之中。1929年，穆旦考入天津市南开中学，开始写诗，他的诗情正如他稚气中的敏慧，一切以不可思议的速度，迅速落地生根，渴求支撑新诗之树的王国。

看她装得像一只美丽的孔雀——
五色羽毛镶着白边，
粉红纱裙拖在人群里面，
她快乐的心飘荡在半天。

美丽可以使她样子欢喜和发狂，
博得了喝彩，那是她的渴望；
“高贵，荣耀，体面砌成了她们的世界！

管它什么，那堆在四面的伤亡？”……

隐隐的一阵哭声，却不在这里；
孩子需要慈爱，哭嚷着，什么，“娘？”
但这声音谁都不知道，“太偏僻！”
哪知却惊碎了孩子的母亲的心肠？

三岁孩子也舍得离开，叫他嚎，
女人狠着心，“好孩子，不要哭——
妈去做工，回来给你吃个饱！”
丝缸里，女人的手泡了一整天，
肿的臂，昏的头，带着疲倦的身体，
摸黑回了家，便吐出一口长气……
生活？简直把人磨成了烂泥！

美的世界仍在跳跃，眩目，
但她却惊呼，什么污迹染在那丝衣？
同时远处更迸出了孩子的哭——
“妈，怕啊，你的手上怎么满铺了血迹？”

——穆旦《两个世界》

难以想象这是一个15岁的少年所写的诗篇。1933年，在戴望舒、施蛰存、卞之琳、徐迟等现代派诗人沉浸于自我世界与意识挖掘的时候，穆旦却另辟蹊径，自觉地关注社会动荡里不公和不堪的阴暗面。他从一开始就带有强烈的民族情结，忧患意识像热烈的铃兰缠绕住少年敏锐的感官与深邃的心。国家衰败病弱的现状，战乱中败退的事实，国土沦陷中大众的流亡，无不令少年穆旦忧虑而痛苦。他喜欢壮烈的毁灭与鲜艳的凋亡，喜欢强烈的两极对照，喜欢对照中对话、哭喊、质问撕扯的冲突，这些不自觉地已是他后来写诗时的元素雏形。

1935年，穆旦考入清华大学地质系，半年后转入外文系，继续新诗现代化的探索。他爱雪莱，爱拜伦，英国浪漫诗人的激情和激情后的忧愁熏染了他，刺激了他的诗情。他有着少年共有的激情与浪漫，一腔热血，奋不顾身，面临任何潮流，他都无所畏惧；但他又有着穆旦才有的敏锐和触觉，他的心灵长满了触角，触碰到灵魂的每一次战栗与蜷缩，感受到情绪与意识的每一次张弛，觉察到周边风吹草动潜藏的危险。他因此深陷，又为之痛苦，从一开始，痛苦似乎就成了他写诗的源泉。

新的血涂着新的裂纹，
广博的人群再受一次强暴的瓜分；
一样的生命一样的臂膊，
我洒着一腔热血对鸟默然。
站在那里我像站在云端上，
碧蓝的天际不留人一丝凡想，
微风顽皮地腻在耳朵旁，
告诉我——春在姣媚地披上她的晚装；
可是太阳仍是和煦的灿烂，

野草柔顺地依附在我脚边，
半个树枝也会伸出这古墙，
青翠地，飘过一点香气在空中荡漾……
远处，青苗托住了几间泥房，
影绰的人影背靠在白云边峰。
流水吸着每一秒间的呼吸，波动着，
寂静——寂静——
蓦地几声巨响，
池塘里已冲出几只水鸟，飞上高空打旋。

——穆旦《哀国难》

自然，四季，万物，人心，少年时的穆旦像一棵疯狂生长的树，努力吮吸语言与想象的养分，滋养这揪心的痛苦。他从不直接抒发心中所感，也不仅仅满足于个人情绪的流动捕捉，他要写得更深，写得更远。他不仅要讴歌民族的坚韧与伟大，也要直面今时的凋敝和破损；他不仅要写危难时群体的倾覆，更要聚焦个体命运与时代命运的共振。因而这一时期穆旦所作的爱国诗篇，与激昂抒情的七月派诗人、象牙塔被击碎的现代派诗人有明显的不同。

全面抗日战争爆发后，穆旦随学校一路南下，先抵达长沙，而后辗转至昆明，徒步数千里。这次抗战后方的集体大撤退给予19岁的穆旦深刻的生命体验。他的双脚走过了饱受战火蹂躏的土地，他亲眼看见民族衰落时生命个体的朝不保夕。为了祖国命脉的安危，他与同学们、老师们徒步迁徙，相信坚持就是胜利，他也相信战争会扭转中国的命运，重塑那个他未曾经历过却憧憬着的新的光明；但他不得不接受目光所及之处发生的一切，抗争中的痛苦与痛苦中的生命力令穆旦的诗情进一步勃发。至西南联大，穆旦迎来了创作生涯的第一个高峰期。

他时常回忆这场远行里洋溢的激情与弥漫的伤痛，绘制少年特有的浪漫想象，为战后乌托邦的幻想添上浓墨重彩的一笔——

一样的是这悠久的年代的风，
一样的是从这倾圮的屋檐下散开的
无尽的呻吟和寒冷，
它歌唱在一片枯槁的树顶上，
它吹过了荒芜的沼泽，芦苇和虫鸣，
一样的是这飞过的乌鸦的声音。
当我走过，站在路上踟蹰，
我踟蹰着为了多年耻辱的历史
仍在这广大的山河中等待，
等待着，我们无言的痛苦是太多了，
然而一个民族已经起来，
然而一个民族已经起来。

——穆旦《赞美》（节选）

“一个民族已经起来”，意味着千千万万沉寂的言说已然苏醒，也意味着这些自由的言说会从各自的视角丰富民族的历史。穆旦便是其中痛苦着的又振奋着的一个。他愿意献身在民族危机时必须凝聚的集体书写，愿意为新诗和民族命运的结合贡献自己的智慧。但另一方面，敏锐细腻的他拥有异于常人的洞察力。他要做的不单单是吟唱。民族危难当前，究竟是什么让我们苦难深重，又是什么让我们不可自拔，我们该如何从自我的思绪情结中得到超脱，真正履行一个知识分子，一个新诗人，一个独立的个体于民族存亡之际应该担负起的使命呢？

穆旦的答案是反思和自省，反思个体的有限，自省民族的苦难，透视历史的循环。做到这些的前提，首先是如实描摹乱世里生存的痛苦，如这首以《赞美》为题的诗里，穆旦丝毫不掩饰他远行途中见到的生命扭曲与变形——

> 一个农夫，他粗糙的身躯移动在田野中，
> 他是一个女人的孩子，许多孩子的父亲，
> 多少朝代在他的身边升起又降落了
> 而把希望和失望压在他身上，
> 而他永远无言地跟在犁后旋转，
> 翻起同样的泥土溶解过他祖先的，
> 是同样的受难的形象凝固在路旁。
> 在大路上多少次愉快的歌声流过去了，
> 多少次跟来的是临到他的忧患；
> 在大路上人们演说，叫嚣，欢快，
> 然而他没有，他只放下了古代的锄头，

再一次相信名词，溶进了大众的爱，

坚定地，他看着自己溶进死亡里。

劳累、压抑、承受、死亡，周而复始，坐在西南联大校园里的穆旦，他的笔触已开始伸入民族与国家漫长的历史链条。不同于20世纪30年代诗人们的个性写作，穆旦诗作勃发的20世纪40年代，已把新诗与变动难安的时代紧密相连。先人一步，提前站在与大众集体的平阶处，对照历史与现实，主动向现实冲动和历史渊源中寻找民族现实危机和精神困境的根源。虽然此时的他不过20来岁，刚刚接触到社会的枝梢，可宛若天生的诗性和那场跋涉千里的远行，使穆旦有着超脱同龄人的理性与成熟。

在为新诗的民族书写添砖加瓦时，穆旦不知不觉已走入更深的幽径。人类循环的生存习惯和土地上交替的喜怒悲欢，好似穆旦读的哲学，浪漫派，艾略特、奥登的现代主义诗篇，冥冥之中指向集体里的个体浮沉。他发觉希望的不灭和绝望的永恒这对并立的意念体，也发现了他思索的世间所有对立：社会与自我、光明与黑暗、希望与绝望、圆满与残缺、历史与现实、创造与毁灭、诞生与谋杀、丰富与无有……所有对立的撕扯、交缠、吞噬迸出的岩浆和深海，不约而同映照了一个方向——那便是个体存在的终极。

1940年，穆旦从西南联大外文系毕业，留在母校担任助教工作。西南联大外文系是穆旦新诗梦想加速酝酿的乐园。在西南联大，冯至、卞之琳、闻一多、废名等新诗坛巨匠为学生们授课，介绍新诗缘起至今的圆满和缺憾，吸引了一批年轻的学生，他们在飞机的狂轰滥炸声中爱上了言说自我的新诗。这些学生本身成长于文化交会的广阔语境，又承继了二十多年新诗人们探索的经验，缠绕新诗二十多年的一些争论——抒情与表意，自由诗与格律诗，诗是贵族的还是平民的，终在巨大的现实危机和民族情怀里，在他们的笔下，超脱了渺小的自我情绪。新诗走出了现代派诗人构筑的象牙塔，吸收历史与战争带来的真切血肉，又超越了革命诗人单纯激越的呼号，铸就了感性与知性结合，民族与个体相连，民族与现代同声的全新碑石。

穆旦是这些年轻面孔中的佼佼者，在近半个世纪后，已是白发老人的他们，尚在人世的聚首回忆，为群情创作的岁月命名为“九叶诗派”。虽然穆旦当时已不在人世，但这些在血与火的熔炉里成长起来的青春面孔，一致同意穆旦作为他们的代表。在1940年这一年，22岁的穆旦写下了《我》——

> 从子宫割裂，失去了温暖，
> 是残缺的部分渴望着救援，
> 永远是自己，锁在荒野里，
>
> 从静止的梦离开了群体，
> 痛感到时流，没有什么抓住，

不断的回忆带不回自己，
遇见部分时在一起哭喊，
是初恋的狂喜，想冲出樊篱
伸出双手来抱住了自己，

幻化的形象，是更深的绝望，
永远是自己，锁在荒野里，
仇恨着母亲给分出了梦境。

这首诗里，穆旦摒弃了传统的中国意象，而采用了富有现代感的“子宫”“割裂”等语，所要表达的，也是现代人的痛苦境遇。在这首诗中，所表达的是抽象的“我”降生之后，与母体剥离，成为一个独立的个体后，被“锁在荒野里”的焦虑与痛苦。诗的首句，“从子宫割裂，失去了温暖”，既象征着个人生命诞生所要经历的必然阶段，也是一种隐喻，象征着自我的觉醒后，人便不再是群体中的单纯的一部分，而是一个完全独立的个体，如一个孩子，永远地离开了母亲，却再也无法回到最初的温暖之中。

第二节所表达的，依旧是个体与群体，“我”与母亲这一主题的延续，个体在离开群体后不断地挣扎，陷入了离开群体，却无法找到自己的困境之中。第三节所写的，是部分与部分相遇后，相互拥抱，想要再次组成一个整体，却发现，在希望背后的是更大的绝望感，部分与部分拥抱，只不过是一个自己保住了另外一个自己，永远无法回到最初的整体。而在最后一节，当这种幻想彻底破灭后，“我”陷入了更深的绝望之中，再次回到了那个同母体分离之后的处境，即孤独的荒野之中，所以，我开始仇恨母亲将我分离出来，分出了“梦境”。

整首诗体现了现代人的整个生命历程：永远地处在生存的痛苦困境中。22岁的穆旦把尝试民族书写发现的个体悲剧完完整整演绎了出来，直击“我是谁”这一现代性命题。“我”是新诗自发生以来一直不变的主旋律，可穆旦对其的思索完全超越了前人的视野。“我”不是20世纪20年代郭沫若笔下主宰意志、纵横万里的大我，也不是20世纪30年代象牙塔里审视内心、忧郁颓废的小我，同样不是之后冯至思考的产生于关联之间的快乐——“我”自诞生起便是未完成的，注定寻觅的，无法被外力拯救的；“我”的痛苦并非来自外界，亦非来自与他人、他物的关联，生命意义上的“我”从一开始便是痛苦的。痛苦的时代里充盈着个体的痛苦，而个体的痛苦最先来自生命原始的残缺。残缺的“我”与猛烈变动的历史发生碰撞，其痛苦自然也是丰富的了。

这丰富的痛苦与残缺的个体之间，形成微妙又强烈的反差，增强了穆旦诗作的生命力。那么，残缺的本体可能有机会完成自我吗？在日后的诗作中，穆旦对这个问题进行了更深一步的挖掘。

写于1941年的《中国在哪里》，穆旦延续了母与子的意象象征。一个个从母体脱胎残缺的个体带着本质的痛苦来到世界，在萦绕着矛盾与抉择的空间里努力生存，分裂，承担，生长，周而复始。孕育这些残缺的生命个体的痛苦缔结了母亲，因而个体的精神与民族的命运是无法分开的整体。母亲这一本体受尽蹂躏，分裂出残缺的个体在世上煎熬，即便如此，民族的传承就如生命的延续，世代轮回乃是不变的规律，因而中国的命运仍然把握在“我们”这些痛苦着的个体手里，民族书写可以出现个体完成的契机。

那是母亲的痛苦？那里
母亲的悲哀？——春天？
在受孕的时期，
看进没有痛苦的悲哀，那沉默，
虽然孩子的队伍站在清晨的广场，
有节拍的歌唱，他们纯洁的高音
虽然使我激动而且流泪了，
虽然，堕入沉思里，我是怀疑的，

希望，系住我们。希望
在没有希望，没有怀疑
的力量里，

在永远被蔑视的，沉冤的床上，
在隐藏了欲念的，枯瘪的乳房里，
我们必需扶助母亲的生长
我们必需扶助母亲的生长

我们必需扶助母亲的生长
因为在史前，我们得不到永恒，
我们的痛苦永远地飞扬，
而我们的快乐
在她的母腹里，是继续着……

——穆旦《中国在哪里》（节选）

但穆旦不会让个体的痛苦轻易湮没于时代的号角中。穆旦是一个极其早慧而敏感的青年，他有健全的身体、成熟的理性，又有躁动的激情、细腻的心绪，这使得他深邃透视的过程总会不可避免地掺杂强烈的个人欲求。穆旦喜欢用“身体”写作，用“身体”思想，感官体验到的波动是他细腻深沉、敏感多变的语言，而那身体承受的震荡撕裂是他诗境里丰富的痛苦张力。由个人思考至非个人，再转回个人化的言说诉求，主体的波澜迭起与客体的冷静深远纠葛于一体，注入新诗的波澜力丈。

绿色的火焰在草上摇曳，
他渴求着拥抱你，花朵。
反抗着土地，花朵伸出来，
当暖风吹来烦恼，或者欢乐。
如果你是醒了，推开窗子，
看这满园的欲望多么美丽。

蓝天下，为永远的谜蛊惑着的

是我们二十岁的紧闭的肉体，
一如那泥土做成的鸟的歌，
你们被点燃，卷曲又卷曲，却无处归依。
呵，光，影，声，色，都已经赤裸，
痛苦着，等待伸入新的组合。

——穆旦《春》

1942年是穆旦新诗创作，亦是他人生境遇里的一个重要年份。写于1942年2月的《春》是穆旦的名作之一。咏春是古典诗歌的经典题材，伤春咏怀也是古典诗歌最常见的情感密码。春是苍山孤亭间的嫩柳，是柔波荡漾的绿竹漪漪，是染了桃花的细雨。春像少年梦中的缪斯，既能歌咏万紫千红的不朽盛世，也能慨叹国破人亡的哀凉。在新诗里，无论是仓促的写作冲动、激扬的革命热情，或是都市生活里忧郁的时代病、沉浸在自我田地里的对影垂怜，春都是新诗人们一见如故的知音。

但这些美的传统统统都被穆旦抛之脑后。他没有借助咏春伤怀的手法，也没有采用春的经典意象——桃花、竹枝、绿桑、落红、细雨、月影……他选择将直觉的感性率真呈现。通感无处不在，描写炙热有力、喷洒着生命力与欲望的春景。借助动词，例如“拥抱”“反抗”“伸”等，写出了春天所焕发的无限生机。正如首句“绿色的火焰在草上摇曳，他渴求着拥抱你，花朵”，以火焰这样热情而猛烈的意象，让人感受到春季青草所拥有的“凶猛”的生命力。花朵，也是反抗着土地而生长出来的，这也正是强壮生命力的隐喻。

而在第二节，诗人从春天过渡到了青春，又通过许多感性意象来比喻青春的渴望与烦恼。青春的人若被点燃一般，火一样的青春有着无限的能量，但是他们却被泥土紧闭着，导致这些能量无处可去。“光，影，声，色”正是这些能量的象征。欲望赤裸等待组合，在压抑中形成痛苦的必然，又在痛苦中形成反抗的必然，最终缔造生生不息的欲望与生命力。

穆旦个人体认化所能达到的人性深度，在这首诗里体现得淋漓尽致。春的蓬勃生机与生命本体的能量，春的声色与压抑的生命欲望，一切就像一座睡着了的火山，只需一场飓风将它吹醒，不留丝毫旖旎。极具动感的动词与鲜艳的形容词潇洒拼接，每一笔都有青春张弛的冲击。

同样在1942年2月，穆旦又将这残缺个体的努力探寻，寄托于爱情之题，深入浅出，书写了爱情从初恋到热恋，再到理性思索，进而进驻永恒的整个过程。这便是穆旦最著名的代表作之一《诗八首》。关于这八首诗的内涵，众说纷纭，有人解读为诗人恋爱过程中体会的无尽悲喜，有人认为这是诗人精神世界的暗喻，有人说穆旦在写人生，有人坚持穆旦也可能情有独钟于爱情。就穆旦本人的说法，《诗八首》确实诞生于他渴望爱情而爱情失意的年纪。只是穆旦一如既往地，写什么便试图超越什么，《诗八首》也一样，让人们看到了爱情以外的东西。

一

你底眼睛看见这一场火灾，
你看不见我，虽然我为你点燃，
哎，那烧着的不过是成熟的年代，
你底，我底。我们相隔如重山！
从这自然底蜕变程序里，
我却爱了一个暂时的你。
即使我哭泣，变灰，变灰又新生，
姑娘，那只是上帝玩弄他自己。

《诗八首》的基调是对爱情过程中的不断怀疑，即便是一见钟情的初始，也潜藏着相隔如重山的危险。相见倾心的我们，一面深知生命的短暂与有限、激情的临时和退却，另一面却无可自拔地陷入了这场游戏。穆旦很清楚，爱情是焚烧理智的烈焰，他既沉浸其中，又隐约恐惧其里。你爱意汹涌，我渴盼追随，但在这个没有永恒的世界，我们只是彼此漫长人生的一片碎片，组接的也仅仅只是瞬间罢了。更何况，我们都只是“暂时的”自己，谁也无力许诺自己的命运。

二

水流山石间沉淀下你我，
而我们成长，在死底子宫里。
在无数的可能里一个变形的生命
永远不能完成他自己。

我和你谈话，相信你，爱你，
这时候就听见我的主暗笑，
不断地他添来另外的你我
使我们丰富而且危险。

紧接第一首相隔如重山的忧惧，穆旦在第二首就直接点出了他为何这么悲观多疑——他早在《我》这首诗中告诉我们，“我”是不完整的，与生俱来便是残缺的。我们只是千万种可能里的一种可能，我们只是生命无数种完成中的一个节点。一个无法完成自己的生命，不完整的生命体，是否拥有爱人的力量呢？很显然，你我在爱情中被更多的你我包围，世界的千丝万缕可以暂缓我们因残缺深感的饥渴，但这仍然是丰富且危险的。爱情需要丰富，丰富使我们的心灵充实；爱情伴随危险，危险在令爱情变得尤为可贵的同时，也会让我们变得更加可怜。

三

你底年龄里的小小野兽，
它和青草一样地呼吸，
它带来你底颜色，芳香丰满，
它要你疯狂在温暖的黑暗里。
我越过你大理石的智慧底殿堂，
而为它埋藏的生命珍惜；
你我的手底接触是一片草场。
那里有它底固执，我底惊喜。

果不其然，我们不顾危险，陷入了可怜的热恋。在热烈里，穆旦不必掩饰喷薄而出的情欲。他钟爱青草这一意象，有情爱的撩动，有青春的芳香；他也喜欢野兽，张扬着野性和生命的。在这场热恋里，每一寸光阴都在执意前行。悲观如我，亦不得已沉湎于心心相印的本能狂欢。

四

静静地，我们拥抱在
用言语所能照明的世界里，
而那未形成的黑暗是可怕的，
那可能的和不可能的使我们沉迷。
那窒息我们的
是甜蜜的未生即死的言语，
它底幽灵笼罩，使我们游离，
游进混乱的爱底自由和美丽。

正当我们回味着第三首“草场”这一意象，那两人双手接触若青草般柔软、若草场般温暖、生机勃勃而又情意绵绵的幸福时，穆旦及时给热恋中的灵魂浇了盆冷水。这回他不执着于初见的隔膜、本质的残缺，而是着手解剖恋爱中最甜蜜，亦是最恐怖的元素——言语。比起肌体相亲的欲望偾张，言语间的你侬我侬更能在人心里落地开花。身体的交错是本能的，语言的迷醉是灵魂的。尽管无数人都懂甜言蜜语不能当饭吃的道理，却仍然为了甜言蜜语前赴后继。显然，穆旦不相信爱情中深切诚挚的言辞，即便发自真心。因为那不完整的、无法解除痛苦的个体说出的言辞，从本质上也是残缺的。

在第四首诗中，穆旦对爱情的质疑从情感上升到了语言，进而从语言上升到存在的表象，怀疑人存在时言语的困境。无论是情真意切的海誓山盟，还是离别时分的愤恨咆哮，这些都很可怕，因为人的叙述从根源来说，就没有绝对的真实。语言“未生即死”，可能在相互揣摩的时候，在编织材料的时候，我们已失去了表达自我的权利，而消融了语言，爱情这过程中的纷纷扰扰，自然也就烟消云散了。

第四首诗是《诗八首》的拐点，从相遇、相爱、热恋，爱情进入了理性冒头的冷静期。

五

夕阳西下，一阵微风吹拂着田野，
是多么久的原因在这里积累。
那移动了景物的移动我底心，
从最古老的开端流向你，安睡。
那形成了树木和屹立的岩石的，
将使我此时的渴望永存，
一切在它底过程中流露的美，
教我爱你的方法，教我变更。

热情渐渐退却后，理性的力量占据上风后的沉思，夕阳西下，风吹田野，这美丽的景象自远古之时便已经深深刻在了我们祖先的记忆里，并永恒至今，而爱情的永恒，也自祖先至今，一直停留在我们的记忆中。此时的我们在热情退却后，已经慢慢出现了疏离，与此同时，对于爱情的体悟也在不断地丰富且升华。先前的惊涛骇浪也不过是过眼云烟，一味浸泡在被爱的喜悦里是不行的，穆旦已经毫不留情地揭示了爱情每一个环节和最重要元素的危险与虚伪，若真想获得完整的爱，完成生命的可能，那只有“变更”。

六

相同和相同溶为疲倦，
在差别间又凝固着陌生；
是一条多么危险的窄路里，
我驱使自己在那上面旅行。
他存在，听我底使唤，
他保护，而把我留在孤独里，
他底痛苦是不断的寻求
你底秩序，求得了又必须背离。

第六首可谓写清了人可能遇见的所有纠结，不止乎爱情。相同意味着疲倦，不同又带来隔膜；指明了爱人的方法，却是孤独的行旅；两个人相互的陪伴，却成了急需击破的束缚和秩序。穆旦也点出了这场爱情里人痛苦的原因——“不断的寻求”。因为是残缺的个体，为了弥补残缺，获得完整，必须在爱情（人生）中不断寻求可能；但寻求没有止境，即便寻得短暂的宁静，为了终极的目标仍然要背离，继续前进。希望与幻灭，获得与失去，爱情是一场没有结果的环，人也是。

然而，穆旦在诗作里反复描绘的“寻求”，正是他认为能够突破灵魂藩篱的道路，即使这是一条危险的窄道。“我”接受残缺的根源，坚持活下去，爱下去，生命总会变得“丰富”，即使充满了痛苦，“丰富”才有机会寻求更多可能。在接下来的两首诗里，穆旦果真让这不断地寻求收获到某种意义上的平静——

七

风暴，远路，寂寞的夜晚，
丢失，记忆，永续的时间，
所有科学不能祛除的恐惧
让我在你底怀里得到安憩——
呵，在你底不能自主的心上，
你底随有随无的美丽形象，
那里，我看见你孤独的爱情
笔立着，和我底平行着生长！

八

再没有更近的接近，
所有的偶然在我们间定型；
只有阳光透过缤纷的枝叶
分在两片情愿的心上，相同。

等季候一到就要各自飘落，
而赐生我们的巨树永青，
它对我们不仁的嘲弄
（和哭泣）在合一的老根里化为平静。

只是我们的个体会衰亡，只是我们的命运仍是未果，只是我们接受飘落，聆听嘲弄化作平静。偶然的烈火，迷醺的言语，意识到个体残缺与言说虚伪后的理性和坚持，反反复复，曲曲折折，迎来了万物皆空的结局。穆旦先是质疑了爱情里存在完整的可能，再一一否决了被无数次歌咏的爱情里最甜蜜的元素。穆旦不相信人性的本质，也不相信生命单凭个人意志的驱使能飞驰到终极。可诗中又处处渗透着一股向死而生的决绝。每一个生命都向死而生，残缺个体所能实现的可能也确实有限，但那又如何呢？我们的生命因痛苦而丰富，又因丰富而痛苦，在循环里坚持走下去，说不定，我们也会遇到“偶然的定型”。

《诗八首》将穆旦对个人命运乃至人类命运的深思推向了一个极致。把它当爱情诗来读，有些毛骨悚然；把它当哲理诗来读，又有些不知所云。它是复合的、多声部的组合，某种意义上像穆旦坚信的自我残缺：读者的每一次阐释，为它注入丰富；它每一次因新的丰富更新的释义，不正是为了达到完整必须承受的痛苦吗？

1942年是穆旦人生发生关键转折的一年，在写完《春》与《诗八首》等传世名篇后，24岁的穆旦积极响应国民政府“青年知识分子参军”的号召，应征中国远征军，入副总司令杜聿明兼任军长的第五军司令部，以中校翻译官的身份随军进入缅甸的抗日战场。

远征军的经历使得穆旦有着有别于大部分新诗人的传奇色彩。在日常生活里，穆旦是一个浪漫而热血的人。他自南开时期便积极参加各种爱国运动，到了西南联大，也丝毫没有放弃报国救亡的决心。这次，他毅然选择随军参战，切身体认这生死之际的血肉洪流。

穆旦是带着强烈的英雄主义情结奔赴滇缅战场的，可迎接他的，终归是比校园内惨烈数百万倍的现实。他亲历了战场上的滚滚硝烟，冷酷又无情；又因作为随军翻译，不得不被卷入中、英、美三国联军将领的矛盾纠纷，人心的倾轧更凉薄。这使得穆旦对战争的必要性产生了质疑，他那战后乌托邦的梦想，悄无声息地幻灭了。

1942年5月，穆旦随第五军进入野人山，开始了长达四个多月的滇缅大撤退。这是至今抗日战争史上都不忍多提的一页，它的悲惨与壮烈超出常人的想象。遮天蔽日的热带雨林，险象环生的日日夜夜，虽然穆旦闭口不提这段野人山的经历，但这绝对是他一生最黑暗的梦魇之一。进入野人山，外界的伦理道德、社会规范不复存在，为了活命，成千上万的将士展开了最残酷的生存竞争。敏感细腻的穆旦同样被卷入其中。他亲历了一千多名伤员为了不耽误转移，选择集体自焚的惨状，也目睹了人吃人的触目惊心。他眼见在野人山集体秩序的崩溃与个体的疯狂。死亡，残杀，斗殴，吞食，溃逃，可以说，人性所能展示的全部毛骨悚然，穆旦在野人山统统看了个遍。

他不只看，还同样面临着严峻的生存考验。野人山战役中，穆旦一面听从杜聿明的指示，指挥战友们唱歌，鼓舞大家的斗志，转嫁他人的生存压力，一面默默忍受着死亡迫近的煎熬。他拖着病体，艰难行军，忍着疾病的折磨，命悬一线对此时的穆旦来说是家常便饭。据说，一次紧要关头，穆旦突然发病，杜聿明将仅剩的两粒药给了穆旦一粒，这才挽回了穆旦奄奄一息的生命。1942年9月，穆旦终于随幸存的战友们逃出了野人山，拖着千疮百孔的身体与心，别离了那座吃人的炼狱。

从缅甸战场归来的穆旦，就像变了个人。战时沉重的心理创伤困扰着他，他暂时放缓了钻研新诗的脚步。1943年到1945年，穆旦在曲靖、重庆、昆明、贵阳等地辗转，多次更换工作，每一次工作都是不欢而散。他潜意识里抗拒与社会和他人交流，经常与周遭同事发生冲突。对此，穆旦深感无力。可他终归不是软弱的人，这一回，他选择写诗来实现自救。

起初，他努力在诗中回避残忍与谋杀，拒绝一切有死亡意味的言辞。巨大的精神创伤也让他的诗一度暂别了丰富的痛苦。他的诗里甚至还出现了微妙的宗教色彩，反映他此时精神的巨大空虚。慢慢地，他开始正视这场犹如噩梦的战争。诗人的身份和意识正在他的诗里复归。对那残缺个体的挣扎与努力，他仍然抱有深沉的向往。

活下去，在这片危险的土地上，
活在成群死亡的降临中，

当所在的幻象已变狰狞，所有的力量已经
如同暴露的大海
凶残摧毁凶残，
如同你和我都渐渐强壮了却又死去。
那永恒的人。

弥留在生的烦忧里，
在淫荡的颓败的包围中，
看！那里已奔来了即将解救我们一切的
饥寒的主人；
而他已经鞭击，
而那无声的黑影已在苏醒和等待
午夜里的牺牲。

希望，幻灭，希望，再活下去
在无尽的波涛的淹没中，
谁知道时间的沉重的呻吟就要坠落在
于诅咒里成形的
日光闪耀的岸沿上；
孩子们呀，请看黑夜中的我们正怎样孕育
难产的圣洁的感情。

——穆旦《活下去》

这首诗写于1944年9月，彼时抗战胜利已初现曙光，穆旦自然也是欢欣鼓舞。经历了野人山战役的穆旦，对生与死、希望与失望、追逐与幻灭的理解又深了一层。衰亡的是结果，坚持着的是过程，只要活下去，总会有完成自我的可能。战争没有摧毁穆旦的心志，反而让他在写诗中完成了对精神创伤的拯救，批判黑暗也好，体认生存也罢，穆旦不仅自觉地感受世界，还勇于逼视世界。

1945年9月，借着八年全面抗战艰苦卓绝取得的胜利春风，穆旦终于完成了数年的精神自救，缓缓将破碎不堪的记忆还原出狰狞的原样。对野人山他看到的听到的死亡，送别的抛下的灵魂，他怀着沉重的负罪感与使命感，做了一次最郑重的祭奠，写下《森林之魅——胡康河上的白骨》一诗。穆旦运用了象征与戏剧化的手法，将当年那场惨绝人寰的悲剧，做一次历经沧桑的洗濯。全诗没有愤怒的控诉、悲痛的谴责，也没有泛滥的抒情和哭泣，对这场悲剧，穆旦以委婉平实的笔调营造出深幽而神秘的氛围，这氛围和笔触下凄艳妖魅的意象产生复调式的变奏，共唱一首生命以死亡获得永生的哀歌。

在阴暗的树下，在急流的水边，
逝去的六月和七月，在无人的山间，
你们的身体还挣扎着想要回返，
而无名的野花已在头上开满。

那刻骨的饥饿，那山洪的冲击，
那毒虫的啮咬和痛楚的夜晚，
你们受不了要向人讲述，

如今却是欣欣的树木把一切遗忘。

过去的是你们对死的抗争，
你们死去为了要活的人们的生存，
那白热的纷争还没有停止，
你们却在森林的周期内，不再听闻。

静静的，在那被遗忘的山坡上，
还下着密雨，还吹着细风，
没有人知道历史曾在此走过，
留下了英灵化入树干而滋生。

——穆旦《森林之魅》（节选）

用血肉写诗，用思想超脱，穆旦完成了个人灵魂的脱困，获得了通达与宁静的彻悟。在这彻悟里流淌的鲜血与死亡，死亡和新生交替的循环，更令人读来惊心。至少，在我第一次读这首诗的时候，心情随着森林和人的对话越发沉重，到了这最后一句，不知如何，竟是一种万千滋味于心头却难以言说的慨然了。残缺的个体与覆灭的集体，向死而生与为生而死，一切如同车轮碾过我们的身躯，只留下脆弱的精神与新生的生命相伴。可人们活着，有时就是为了这脆弱的精神不被遗忘。

从残缺的“我”，到“没有人知道历史曾在此走过”，正所谓大象无形，大音希声，穆旦寻觅到“我”完成生命的可能，或许，正是在无解的死亡与循环里。

20世纪40年代是穆旦第一个创作高峰，他先后出版了三部诗集：《探险者》（1945）、《穆旦诗集（1939—1945）》（1947）、《旗》（1948）。在穆旦孜孜不倦的探索以及身边九叶诗人们的共同努力下，中国新诗终于绽放了它独特的现代特质。他们拥有自觉的现代意识、深远的民族使命、丰富的现实体验；他们不仅反叛古典诗歌的传统，离弃古典诗歌的意象和手法，使用欧化色彩更浓厚的现代汉语，以及渐成系统的散文句法，而且还敢于反叛二十多年来新诗人的“传统”，放逐个人的抒情，赋予客体以血肉，发展戏剧化等技巧，将民族精神、汉语质地、现代诗美与西方现代的诗歌资源融会贯通，创立出中国新诗的独立品格。

走到了这一步，穆旦并没有停下。

1949年8月，穆旦自费赴美留学，入芝加哥大学学习英美文学与俄罗斯文学。同年12月，穆旦与周与良结婚。周与良出身名门，父亲是著名的实业家周叔弢，她与穆旦同赴美国芝加哥，就读于芝加哥大学生物系。写到这里，我才发现我竟然没有谈穆旦的爱情，解读他的诗已经耗费了太多精力……

在遇到周与良以前，穆旦据传有两段恋爱。穆旦就读清华时邂逅了燕京大学的女学生万卫芳，这是他的初恋。全面抗战爆发后，穆旦和万卫芳一起随师生大军南迁，直到1937年12月，二人在湖南境内分道扬镳，万卫芳被家里的一封电报召回。这段初恋也随即无疾而终，给穆旦心里多少留下了随风而逝的伤痕。

1944年，穆旦于重庆认识了在中国航空公司工作的女职员曾淑昭。穆旦当时在公司实习，公司复杂的人际关系令他感到很棘手，他也屡次与同事爆发冲突。那时，曾淑昭是穆旦生活中为数不多的倩影之一，给他留下了深刻美好的印象。俊朗潇洒的诗人，年轻美丽的女郎，互有好感也在预料之中。随着穆旦工作的调动，1945年5月，二人各奔东西。曾淑昭与胡适长子胡祖望成婚，穆旦则于数年后结识了同学的妹妹周与良。穆旦与曾淑昭的交往比较隐秘，但也留下了蛛丝马迹。穆旦在诗中直呼的“玛格丽”，便是曾淑昭的英文名。2014年，曾淑昭于遥远的美国终于分享了她与穆旦这段已成往事的情事。她至今保留着穆旦送给她的诗作和穆旦寄给她的照片，只是当作甜蜜的私藏。

与穆旦结为伉俪并白头偕老的是周与良，1949年12月，二人于佛罗里达州成婚。1952年穆旦获芝加哥大学文学硕士学位，周与良获博士学位后，夫妻俩于1953年初回国，立志投身祖国的发展建设当中，双双任教于南开大学。穆旦专注于英俄文学的翻译，从诗人的身份，暂时变为翻译家；周与良则奋战于生物系，她是南开大学微生物学科的主要创建人。

新中国成立后的穆旦跟冯至、卞之琳一样经历了诗风转型的洗礼和政治运动的高压。鉴于诗歌创作的自由度受到限制，穆旦回到外文系出身的老本行，全心全意钻研起翻译。他翻译了普希金、海涅、拜伦、雪莱等大量浪漫主义诗人的作品，将自身沉邃深密的语言与浓烈的诗意相融，把翻译变成了第二次的诗歌写作。穆旦翻译不单讲求“信达雅”，从某种意义上来看，是诗人穆旦和翻译家查良铮，为新诗语言和诗境永不停歇的追求。

为什么欢乐的声音喑哑了？
响起来吧！酒神的重叠的歌唱！
来呀，祝福那些爱过我们的
别人的年轻妻子，祝福柔情的姑娘！
斟吧，把这杯子斟得满满！
把定情的指环，
当啷一声响，
投到杯底去，沉入浓郁的琼浆！
让我们举手碰杯，一口气把它饮干！
祝诗神万岁！祝理性光芒万丈
哦，燃烧吧，你神圣的太阳！
正如在上升的曙光之前，
这一盏油灯变得如此暗淡，
虚假的学识啊，你也就要暗淡、死亡，
在智慧永恒的太阳面前，
祝太阳万岁！黑暗永远隐藏！

——穆旦译《酒神之歌》（原作：普希金）

1958年，穆旦被定为“反革命”，受到了长达十几年的管制和迫害。他中止了写诗，但没有放弃翻译。翻译这些饱含激情与生命力的作品，除了穆旦本人对翻译事业的热爱，我们不难联想，这也是穆旦作为诗人所做出的无声抗争。翻译就是他新时代的写作。

野人山战役磨炼了穆旦的意志，他没有那么容易被风暴摧垮。妻子周与良和四个子女也坚定地陪在他身边，一家人患难与共，风雨同舟。到了20世纪70年代中期，穆旦终于获得了一些自由的空间，他恢复了写诗。此时他已近暮年。算算他的一生，从1937年那场不远万里的迁徙，到1942年的野人山战役，再到此后数年的辗转周折、远渡重洋，新中国成立后一系列的政治风波引来的变故，他就像他诗中反复书写的生命状态，永远都在痛苦，且是无止境的丰富的痛苦。

1975年是穆旦第二个诗兴大发的时期，晚年的他看待世事，少了40年代时充盈血肉与张弛的奇崛，多了更多深远静穆的悲剧意味。他开始回首年少时的困惑，解答生命里不期而至的疑问。生命的变幻在他眼中不再奇异，而生命的结束，也不再遥远。越过千帆，沧海桑田，蓦然回首人生的穆旦，更多的是对生命的慨叹与总结。

你肩负着多年的重载，
歇下来吧，在芦苇的水边：
远方是一片灰白的雾霭
静静掩盖着路程的终点。

处身在太阳建立的大厦，

连你的忧烦也是他的作品，
歇下来吧，傍近他闲谈，
如今他已是和煦的老人。

这大地的生命，缤纷的景色，
曾抒写过他的热情和狂暴，
而今只剩下凄清的虫鸣，
绿色的回忆，草黄的微笑。

这是他远行前柔情的告别，
然后他的语言就纷纷凋谢；
为何你却紧抱着满怀浓荫，
不让它随风飘落，一页又一页？

——穆旦《秋》（节选）

强硬有力的两极对立颤抖了，强烈的个人体认融化了，对民族精神和国家历史的追思变为对自我的反省。他从满眼涂满鲜血和分裂的青年，变为和煦的老人，整理生命赠予的痕迹，或深刻，或淡然，然后平静地书写和回忆。年少时，他用诗接触世界，反抗世界，反抗自己；如今，他回到诗的怀抱，用诗理解生命，总结生命，认识自己。

把生命的突泉捧在我手里，
我只觉得它来得新鲜，

是浓烈的酒，清新的泡沫，
注入我的奔波、劳作、冒险。
仿佛前人从未经临的园地
就要展现在我的面前。

但如今，突然面对着坟墓，
我冷眼向过去稍稍回顾，
只见它曲折灌溉的悲喜
都消失在一片亘古的荒漠，
这才知道我的全部努力
不过完成了普通的生活。

——穆旦《冥想·其二》

这是一首让我爱上穆旦的诗，写于1976年的5月。在写下这诗的第二年的2月26日，穆旦因突发心脏病离开了人世，享年59岁。而他写于1976年的这首诗，自然成了他的遗作。

这首诗是穆旦致以一生的总结词。生命的开始犹如突泉，进行若烈酒，初绽似泡沫，清新而美好，洋溢着无穷的生机与希望。他也一直穿梭在这样丰富的生命里，体验喜怒哀乐，感受生死之隔。他穿越过大半个中国，征战过异国的战场，走出茂密的热带丛林，熬过了一轮又一轮残酷的政治打击，确实，他的前方，应是一片“从未经临的园地”，然而，那是消逝时方可体验的坟墓。

生命之泉即将枯竭，人生进入了夕暮，这时再回首，他整理好的生命痕迹也归入世界尽头的荒漠。没有激动，没有欣喜，没有恐惧，也没有悲伤；他之前所追寻的，所奋斗的，所奔波、劳作、冒险的，无论是好是坏，也不过是普通生活的一部分，只是普通罢了。生命是脆弱的，个人所做的一切，总是抵不上历史的冲刷，个人所坚持、所追求的一切，回首望去，不过普通罢了。

然而，这又是穆旦对22岁时自己的回答。那个写出残缺的“我”的少年，所想不明白的，现在这个完成了普通生活的老人终于明白了。生命是脆弱的，但生命是唯一的，一个变形了的、本质残缺的生命个体，竭尽所能地体验普通的生活，这已经完成了他生命里的一种可能。“我”的残缺能否得到弥补，不仅仅在于“我”与世界、与他人、与万物之间建立了怎样的联系，而且在于在这孤独痛苦的本源里，“我”能不能坚持完成普通的生活。

这是穆旦的理解，也是一代新诗人命运的写照，更是新诗命运的写照。新诗从春天里飞翔的蝴蝶，孩子们手里的野花、星星、玫瑰，变为少年珍爱的镜子、百宝盒、鱼化石，再变成青年触目的鲜血、挣扎、旅途，最后，阅尽一个世纪的风华，它仍要回到普通人的普通生活。

后记

这些美好都给你

终于写到了这本书中我可以彻底自我言说的部分，虽然前面也是我一个人的胡言乱语……

写这本书的初衷，在前言中已经提到，但真正让我把它写到这里的契机，却是我二十多年的人生从未想过的。感谢上苍在我的生命里安排了许多神奇的不期而遇，因为这些相调，我这个怠惰慵懒的人才有机会完成残缺的自己。（写完穆旦就是这种后遗症……）

作为一个中文系的学生，我热爱阅读与写作，但也本能地恐惧阅读和写作。因为在中文系，你总能遇到妙笔生花思想深邃见解独到的人，也总是会遇到读书破万卷的学霸小伙伴，在他们的映衬下，我只不过是文学的一个忠实读者。本科时，我也曾鼓起勇气，写写散文、小说，一些现在看来惨不忍睹的诗，还有我不是很清楚怎么回事却依然写得起劲的剧本。我也曾做过辉煌的作家梦。记得给母校话剧社写剧本时，每当写的本子被导演一次次毙掉，我都拿曹禺23岁写出《雷雨》的光辉事迹鼓励自己——不要急，我还没有23岁，我还有时间。

青春总是走得比我们想象的快一步，等我回过神来，已然在奔三的路上一去不返了。按说学习文学的人不会怕老，与文学相伴的人永远年轻，可研究生期间我偏偏读的是现当代文学的现代方向。在现代文学时期，那些震惊时人、惊艳后人的大作，它们的作者绝大部分很年轻。尤其在写硕士论文的时候，一想到自己研究的是和我年龄相差无几的胡适、郭沫若、刘半农，才20岁左右的俞平伯、康白情、郑振铎、朱自清、闻一多，十几岁步入诗坛的汪静之、冯雪峰……无须把他们留下的璀璨星光与自己对比，我也深深感到失落。

因此我从未想过，我竟然也会有写一本书的机会。虽然只是收集一些平日读诗的灵感碎片，可对我而言已是无比的满足与快乐。

首先要感谢给我这个机会的李沁姐姐，与她的相遇是我终生难忘的幸运。感谢她一直容忍我的拖延和怠惰，包容我写着写着就停火的任性，不断鼓励我放开手脚，像我写的那些故事中的主人公，尽情抛洒我心中的块垒，没有她便没有这本书。

感谢编辑陈静姐姐为我稚嫩的文字花费的心血，校对我激情之下参杂语病的文字，完善我遗漏的每一个细节，从标点符号到篇章结构。这本书离不开她的细致编校。

感谢我的博士生导师陈希老师对我的教导与支持。老师包容了我的无知，耐心指引我从更细腻、更深层的角度理解诗歌，解读诗歌，与我一起讨论我每一个幼稚的发现。我自愧不是一个合格的学生，无数次让老师失望，所幸老师没有抛下我。在写作这本书的过程中，老师不但给予我很多启发，还为这本书写下序言，在此深表感激。

感谢求学之路上遇到的每一个老师；感谢帮助我收集资料、提供思路的朋友们；感谢新诗与文学这棵生命之树，即使我的言辞笨拙难以形容它的万分之一，它也从未拒绝过我，让我愈发离不开它；感谢将泯然于众人的我视作独一无二的、最爱我且最支持我的父母；感谢写下这些文字的我和打开这本书的你。

而关于书中记录的这些灵魂和他们的创造，我也深深感激。借纳兰词小改，作首短诗，算作书名的小解：

曾是浊世倜傥客，情字难消泪纵横。明月照我应为梦，半醉半醒是一生。

愿我们有缘再会。

周笛

2020年8月6日